这才是孩子爱读的三国演义

全8册 ⑤ 火烧赤壁

[明] 罗贯中 - 原著　梁爱芳 - 编著　小林君 - 绘

北京理工大学出版社

版权专有 侵权必究

图书在版编目（CIP）数据

这才是孩子爱读的三国演义. 火烧赤壁 /(明) 罗贯中原著 ; 梁爱芳编著 ; 小林君绘. -- 北京 : 北京理工大学出版社, 2024.3

ISBN 978-7-5763-3125-7

Ⅰ. ①这… Ⅱ. ①罗… ②梁… ③小… Ⅲ. ①《三国演义》—少儿读物 Ⅳ. ① I242.4

中国国家版本馆 CIP 数据核字（2023）第 224127 号

责任编辑：申玉琴	文案编辑：申玉琴
责任校对：刘亚男	责任印制：施胜娟

出版发行 / 北京理工大学出版社有限责任公司
社　　址 / 北京市丰台区四合庄路 6 号
邮　　编 / 100070
电　　话 /（010）68944451（大众售后服务热线）
　　　　　（010）68912824（大众售后服务热线）
网　　址 / http://www.bitpress.com.cn

版 印 次 / 2024 年 3 月第 1 版第 1 次印刷
印　　刷 / 三河市金元印装有限公司
开　　本 / 880 mm × 1230 mm　1/16
印　　张 / 8
字　　数 / 95 千字
定　　价 / 299.00 元（全 8 册）

图书出现印装质量问题，请拨打售后服务热线，负责调换

主要人物

黄盖

阚泽

程昱

庞统

吴国太

孙尚香

目录

41 老黄盖巧使苦肉计
—— 周瑜与黄盖合演的一出好戏 1

42 凤雏出山献妙计
—— 曹操又被忽悠了 14

43 诸葛孔明借东风
—— 两大军事奇才的生死局 27

44 周公瑾火烧赤壁
—— 让曹操惊心动魄的一夜 37

45 华容道关羽放曹操
—— 拿捏关羽只需要一个"义"字 46

46 诸葛亮趁乱取南郡

　　—— 三国史上最划算的一仗 58

47 甘露寺刘备招亲

　　—— 刘备的东吴冒险之旅 71

48 诸葛亮二气周瑜

　　—— 孙尚香，惹不起 84

49 诸葛亮三气周瑜

　　—— 既生瑜，何生亮 95

50 诸葛亮柴桑吊孝

　　—— 送走周瑜，拐来庞统 106

老黄盖巧使苦肉计

——周瑜与黄盖合演的一出好戏

曹操最近的心情颇为不爽，这个诸葛亮一出山，就接二连三让他吃瘪，昨夜还巧妙利用大雾帮周瑜骗走了自己十几万支箭。曹操是看不惯他，却又干不掉他。

曹操扫视了一眼自己中军帐内人头攒动的文臣武将，顿时觉得他们都愚不可及，暗想："讨论了这么久，却连一点对付周瑜和诸葛亮的办法都没有！一群庸才……话说，诸葛亮能不能为我所用呢？"

荀攸看出了曹操的心思，上前献了一出诈降计："丞相不如派蔡瑁的族弟蔡中、蔡和到江东，就以给兄长报仇为借口，江东必定会收留他们。只要他们能留在江东，就能为我们办事。"

曹操点点头，认为这不失为一个好办法，当即让人叫来蔡中、蔡和二人，以厚赏笼络。蔡中和蔡和拍着胸脯打包票，说："丞相大人放心，我们一定找机会杀了周瑜和诸葛亮，为您出一口恶气。"

曹操思索片刻，说："不！诸葛亮一定要给我留活口！你们到时候听我吩咐行事。"

蔡中和蔡和第二天就驾着小船到江东，口口声声说着要投降。

周瑜一眼就看出了两人的意图，表面上对他们十分热情，还将他们安排在大将甘宁的先锋营中。但背过人时，周瑜却悄悄嘱咐甘宁："这两人来投降却不带家属，八成就是曹操派来的内应。你给我盯死了他们两个，一旦开战，我要拿他们祭旗！"

可怜鲁肃一个老实人，还以为周瑜真的中了曹操的奸计，没看出蔡中和蔡和是假投降，急忙就来劝周瑜。

周瑜直接将鲁肃呵斥一顿，赶了出去。他准备将计就计，利用蔡中、蔡和将假消息传回曹营。但他觉得这个计划还是越少人知道越好，所以就连鲁肃也没告知。

鲁肃劝不动周瑜，就去求诸葛亮出招。

诸葛亮细细听了前因后果后，笑着说："子敬啊，这是周瑜的计策，你白操心了一场。如果蔡中、蔡和不来当卧底，周瑜怎么搅乱曹营呢？"

鲁肃恍然大悟，旋即苦笑说："你们这些聪明人啊，就会看我这个老实人的笑话！"

"哈哈哈！"诸葛亮又笑，"你且稳住心神，好好看戏。不要让周瑜知道我已经看破了他的机密，要不然，我恐怕要埋骨江东了。"

最后一句戏谑中隐隐含着悲凉之意，鲁肃听了心里直犯酸楚："不，公瑾不会了……"

"不过，他想杀我诸葛亮也没那么容易。"

鲁肃闻言朝他拱手作了一揖，道："卧龙先生胸怀天下，眼下孙刘联合共同抗曹，还请您以大业为要，别和公瑾一般见识。"

诸葛亮轻叹一声，说："子敬，周瑜有你，东吴有你，是幸事。"

鲁肃见过诸葛亮之后，也不再向周瑜打听蔡中、蔡和的事了。周瑜心明眼亮，自然猜到是诸葛亮点破了这层窗户纸。他只是笑了笑，没有在意，眼下他还有更重要的一件大事要做。

就在昨夜，江东老将黄盖避开众人来找他，主动提出要去江北曹营做卧底，行里应外合之计。

黄盖本是孙策旧部，已经快六十岁了。但他出身行伍，虽然两鬓斑白，身子骨还非

常强壮，说起话来沉稳有力，往周瑜面前一站，宛若一棵遒劲的老树，自带一股傲岸不屈的气魄。

周瑜眼眶发热，喃喃道："黄老将军，去诈降的人，若是不受一些皮肉之苦，恐怕曹操不会相信。可您年事已高，我实在不忍心看您……"

黄盖一摆手，跪地拍着胸脯说："大敌当前，都督就不要婆婆妈妈了。我深受孙氏厚恩，肝脑涂地也无怨无悔。我已经想好了，明天都督找个理由打我一顿军棍，再将消息透露给蔡中、蔡和，让他们给曹操传信，时机一到我就可以去假投敌了。"

周瑜上前两步，紧紧握住黄盖粗糙的大手，说："黄老将军愿意行此苦肉计，那实在是再好不过了。明天就委屈黄老将军了。"

说完，周瑜想了想，对着黄盖深深一拜，郑重道："我替江东父老谢过老将军的大义。明天可能会多有得罪，瑜在这里提前给老将军赔罪了。"

第二天，周瑜升大帐，聚齐众将议事，还专门请来了诸葛亮。诸葛亮翩然落座，不紧不慢地摇着羽扇，冷眼旁观周瑜如何行动。

只听周瑜说："曹军有百万之众，恐怕一时之间难以攻克，我们要做好打持久战的准备。最少要备足三个月的粮草。"

众人默不作声，主管东吴粮草的粮官黄盖突然站出来，粗声大气地说："三个月？你怎么不说三年呢？这仗你要是能打，现在就打！拖三个月，我到哪里筹备这么多粮草？"

周瑜冷冷一笑，问："怎么？黄将军对我的部署有异议？"

黄盖眼珠一瞪，不服气地说："敌众我寡是不假，可你一味地拖延有什么用？我黄盖打了一辈子仗，从来没有见过这样部署的！你要是不会打仗，就不要在主公面前夸下海口，没道理让我们去白白送死？大家都是人生父母养的，你凭什么把我们的命看得如此卑贱？"

大帐中的将领们都被黄盖的一番话惊呆了，个个鹌鹑似的不敢吱声，气氛一时之间变得低沉、压抑。

半晌过后，周瑜发出一阵冷笑，说："好啊！原来是对我这个大都督不服气！你们中还有谁不服我的，也一并站出来吧。我倒要看看是你们的嘴硬，还是脖颈上的脑袋硬！"

人群中的阚泽听见周瑜这么说，忍不住想站出来替黄盖辩驳几句。但他很快就注意到了黄盖制止的眼神，当下决定先静观其变。

黄盖制止了阚泽后，立马轻蔑地吹了吹胡子，大义凛然道："都督，你不必拉上旁人，对你不满的就是我黄盖！你要是没胆量和曹军作战，不如趁早听了张昭的话，投降算了！与其这样被你一天天拖到死，还真不如趁早投降。"

周瑜的一张脸顿时气得通红，他拍案而起，拔出宝剑直指黄盖，质问道："你在胡说些什么？你老糊涂了吗？主公命我督军，你怎敢扰乱我军心？你这是觉得我不敢杀你吗？"

黄盖也吹胡子瞪眼，跟周瑜对骂道："周瑜小子，你别得意！别人怕你，我可不怕！你有什么真本事？不过是油嘴滑舌骗得了主公的信任，就凭你也敢斩杀我？"

周瑜长剑向前一递，作势要斩杀黄盖。旁边陡然窜出一个身影，一把扯开黄盖，急吼道："周都督，黄老将军是东吴旧臣，战功赫赫，还请宽恕他这次！"

是鲁肃。

"怎么，连你也忘了主公的话吗？主公任命我为大都督时可是说过了，凡是要降曹的人，定斩不饶！"周瑜目光冷冷地盯着鲁肃。

鲁肃说："黄老将军虽然有罪，但是现在杀他，不利于军心稳定。还请都督饶过他这次吧！"

众人也纷纷下跪求情。

周瑜怒气未消，并不应允，直接吩咐侍从将求情的几人乱棍打出去，又大声吩咐侍从："来人，把黄盖给我推出去，砍了！"

黄盖浑不在意地哈哈大笑，说："想当年，我黄盖追随破虏将军南征北战，建立东吴基业，那是何等的威风啊！万万没想到，今天会被一个黄口小儿如此欺辱！罢了，你们谁也不用替我求情，我到黄泉之下找孙将军去！"

黄盖一提到孙坚，帐中众人的心中都是一痛——黄盖这样的老臣，没有功劳，也有苦劳，就算是主公孙权与他说话都要和和气气的，没想到周瑜为了一点小事就要对他喊打喊杀，不肯饶恕，实在是太薄情、太小题大做了！众官皆跪下为黄盖求情。

周瑜立刻顺水推舟道："黄盖，念在你往日劳苦功高，暂且饶了你的死罪。但你不遵军令，不处置你难免会让人耻笑我治军不严，就罚你一百脊杖，以正其罪！"

周瑜说完，就有人遵命上前将黄盖按倒在地，扒去上衣，准备行刑。

帐中众人看到黄盖露出的后背，顿时眼眶一酸。只见黄盖后背上横七竖八地布满了伤疤，显然是多年征战留下来的印记。

军棍一下一下打在黄盖的脊背上，也一下一下打在众人的心上。大约打了五十军棍的时候，黄盖的背上皮开肉绽，他已经痛得满头大汗，险些晕死过去。众人见状，又忍不住开口替老将军哀求："都督，不能再打了！老将军年事已高，再打就要出人命了！"

周瑜早就被黄盖背上鲜血淋漓的场面刺激得险些控制不住自己的表情，见终于有人递台阶，忙不迭开口叫停了行刑的人，而后一脸严肃地说："既然众人都为你求情，那剩下的五十军棍就暂且先记下，你日后要是再有怠慢，定严惩不贷！"

说完，周瑜就怒气冲冲地离开大帐，任由众人七手八脚地上前搀扶黄盖回去。

再说甘宁，他就是此前在大帐中为黄盖求情的众人之一，都没有反应过来，就被周瑜吩咐的随从劈头盖脸打了出去。甘宁狠狠地逃出大帐，心里又气又难过，但当他回到自己寨中，见到周瑜安排在自己麾下的蔡中、蔡和时，一下子就反应了过来。见二人一脸关切地上前询问自己为何生气，就假装气愤地将周瑜对黄盖的所作所为都说了一遍。

不一会儿，就传来黄盖被周瑜打了脊杖的消息，甘宁带着蔡中、蔡和一起直奔黄盖的营帐去探望。

甘宁来的时候，黄盖正趴在榻上，背上的伤即便已经上药、包扎，还是惨不忍睹。其他来探望的将领们七嘴八舌地一边安慰黄盖，一边埋怨着周瑜的不近人情。

黄老将军疼得浑身颤抖，汗珠一层一层地滚落。他今天可是足足被打了五十军棍，一个上了年纪的人，虽说身子骨比一般老人强健，可也着实吃不住这样的棍伤。此时的黄盖强忍着痛苦，一边在心里默默盘算着下一步的计划，一边还要长吁短叹几声，推波助澜一下，保证让自己的不满情绪都呈现在蔡中、蔡和眼前。

甘宁红着眼眶上前安慰说："黄老将军，今天这事你冤得很，没想到周瑜这么狠心……"

"别说了，甘将军，他年纪轻轻就当了都督，哪能容得下别人质疑他？老夫万万想不到，他今天会这么公报私仇！唉！既然容不下我，我养好伤就解甲归田算了。"黄盖说着，又长长地叹了一声。

说完这些，黄盖已经没有精力再多言，他打量了一圈大帐里的人，确保蔡中、蔡和将事情原委听得差不多了，这才找了个借口，把大帐内的众人都支走。

然后，他赶紧养精蓄锐，静待自己要等的人。傍晚时分，帐外忽然传来通报，说阚泽来了。黄盖心中一喜，连忙让人请他进来。

阚泽是个谋士，为人机敏，胆大心细，有过目不忘的本领。黄盖和他算是忘年交，经常在一起谈天说地。在黄盖的"诈降计划"中，阚泽是非常重要的一环。

黄盖让人请阚泽进来的同时，自己强撑着从榻上坐起，扭头吩咐侍从："你们都下去，让门外值夜的也退开五十步外。"

"是！"

阚泽进来后，看见强打起精神等着自己的黄盖，微微一愣，而后快步上前："将军是特意在等我吗？有什么话您就直说吧。"

黄盖闻言有些诧异，问："你怎么知道？"

阚泽说："老将军和都督素日里并无仇怨，今日闹这么一出，怕是苦肉计吧？今日您朝我使眼色，不让我说话时，我还有些奇怪；后来仔细留意都督的神色，勉强猜到了八九分。"

"哈哈哈哈！知我者，阚泽也。"黄盖又把身子撑起来一些，低声说，"我黄盖虽老，但这把老骨头也是要抗曹的。白天都督和我合演了这么一出戏，就是方便我稍后去诈降，投奔曹操。到时候我们里应外合，杀他个干干净净！"

阚泽眼中闪出激动的光，说："太好了！您和盘托出，是需要我做些什么吗？"

"我和都督都认为，你能言善辩、有勇有谋，最适合去送诈降书，"黄盖欲言又止，"但是……此行太危险，一不留神就要丢脑袋，不知道你是否愿意去？"

阚泽紧紧握住黄盖的双手，压低声音道："老将军，您放心！您都能不顾性命报效主公，我又怎么会贪生怕死呢？我以性命担保，定会完成您和都督所托之事。"

黄盖听他答应了，挣扎着从榻上滚下来，郑重跪拜在地，说："我替江东父老谢谢你。阚泽，你万事小心，一定要活着回来！我还想再和你一起喝酒呢。"

阚泽上前扶起黄盖，说："将军不必多言，我心中有数。事态紧急，我马上就出发。"

黄盖连忙取出早就准备好的诈降书，递给阚泽。

阚泽郑重地塞到胸口，当天晚上就打扮成渔夫的模样，独自划着一条小船，悄悄来到曹军大营外。

刚一靠岸，阚泽就被巡逻的曹军士兵发现了。他不慌不忙地说："我是东吴参谋阚泽，带我去见丞相大人，我有要事禀报！"

曹操让人将他带了过来，一副爱搭不理的样子，问："既然你是东吴参谋，来我这里做什么？"

"哈哈哈哈！人家都说曹孟德爱才，原来是虚名啊！"阚泽话语里满是讥讽，"黄

盖啊！你想的美事看来要落空了呢！"

曹操问："这又关黄盖什么事？"

阚泽一边递上诈降书，一边把黄盖挨打的事详细说了一遍，而后又说："黄盖是东吴三世旧臣，却被周瑜当着那么多将领的面无端毒打，心里实在咽不下这口气。他听说丞相大人善待下臣，就想带部下一起投奔到您麾下，只要您能答应帮他向周瑜报仇。"

曹操听完他的话并不吱声，翻来覆去地读着信，脸色愈发难看起来，突然，他猛地一拍桌子怒喊道："黄盖这是苦肉计吧！他是不是叫你来诈降的？来人啊！把阚泽给我推出去砍了！"

趣味链接

三国老将排行榜

在本回中，大家认识了赤胆忠心的老将黄盖，是不是被他"老骥伏枥"的精神打动了？在《三国演义》中，还有许多在老年时仍然十分引人注目的将领，他们虽然老去，但英雄之心不死，用自己的智慧和经验立下大功，下面就让小编为大家盘点一下吧。

序号	人名	所属政治集团	身份	名场面
1	黄忠	蜀	五虎上将之一	汉中之战，近70岁的黄忠斩杀魏军主帅夏侯渊
2	赵云	蜀	五虎上将之一	凤鸣山之战，70多岁的赵云还能力斩五将
3	丁奉	吴	大将	60多岁时诛杀权臣孙綝
4	黄盖	吴	东吴四老之一	巧使苦肉计、诈降计，火烧赤壁，近60岁
5	程普	吴	东吴四老之一	赤壁之战辅助周瑜，年岁不详，但他是早期跟随孙坚的将领中年岁最长的一个，人称"程公"
6	严颜	蜀	名将	刘备取汉川时，严颜大战张飞，时年不详，但众人都称他为老将
7	廖化	蜀	名将、蜀汉支柱之一	诸葛亮北伐时，70多岁的廖化追击司马懿，得其头盔
8	邓艾	魏	名将	乐嘉城单挑文鸯，当时已经60多岁了

凤雏出山献妙计

——曹操又被忽悠了

曹操看到阚泽的第一眼,对他的印象不好不坏,这是一个出身寒门、有点小聪明的读书人。他相貌平平,没有棱角,眼神机敏,带着点心高气傲,但和自己帐下那上百个善于谋划的谋士比起来,就显得有些迟钝、笨拙了。

这样一个没有背景、没有家世的人,因为没有见识而错投了孙权,现在打算抓住大好机会修正一下自己的人生选择,倒也无可厚非。

曹操最初是这样理解阚泽帮黄盖送信的动机的,但很快他又否定了自己。这么敏感的关头,就算他带来的是东吴老将黄盖的投降书,也不能掉以轻心。所以,曹操才决定诈一诈他。

但阚泽即便是被刀斧手押着出去也没有露出丝毫心慌,反而哈哈大笑起来。曹操不免有些奇怪,于是又让人将他押了回来,问:"你死到临头了,还有什么可笑的?"

阚泽冷笑着说:"我笑丞相大人看似精明强干,原来也是个胆小鬼。我说几句你不爱听的话:江东有长江天险、物华天宝、人杰地灵,周瑜文武全才、韬略过人,你要不还是趁早投降吧!"

曹操气笑了,说:"你也不必激我,你带来这么一封破绽百出的投降书,还想诓骗过我？"

阚泽不服气地问："那丞相倒是说说哪里让你觉得是破绽？"

曹操走到阚泽的面前，问："既然要献书投降，怎么书信上不约定时间？"

阚泽轻蔑一笑，说："都说曹丞相熟读兵书、老谋深算，怎么连这点事都琢磨不明白呢？我居然要因为你不学无术而枉死！冤！实在是太冤了啊！"

曹操被他这么小瞧，心里不服气，当即刨根问底道："为什么说我不学无术，我哪里没有琢磨明白？"

阚泽说："古人有云：'背主做窃，不能定期。'要是现在就约定好日期，万一黄盖那边一时不好下手，丞相派去接应的人就已经到了，这不是反倒暴露了吗？你连这个道理都不懂，还说不是不学无术？"

曹操顺着他的话想了想，觉得有些道理。正在这时，有人进入帐中，悄悄附在曹操耳边说了几句话，还递给他一封信。

阚泽目不斜视，只用眼角的余光瞥了几眼，心下顿时了然，这必然是蔡中、蔡和送来的密信，他猜这两人应该已经把周瑜打黄盖的事一五一十地汇报给曹操了。

曹操看完信之后，对阚泽的态度立即和缓起来，不仅亲自上前拉着阚泽的手说长道短，还要摆酒设宴招待他，一副相见恨晚的模样。

阚泽见曹操已经信了多半，态度也和缓了下来，趁热打铁表达了自己和黄盖投降的诚意。

曹操闻言，说："我自然是不怀疑先生的诚意，还请先生先返回江东，替我联络黄老将军，等他过了江，我再派兵去接应。"

阚泽假装推辞说："丞相还是派别人去吧，我都离开江东了，再也不想回去了。"

曹操见状，更相信了他在江东不受重用，当即再三请求他担负起联络重任，还说："再改派别人，难免有走漏风声的风险，就劳烦先生再跑一趟吧。"

阚泽假装推辞不过，答应了下来，还承诺说会尽力策反其他对周瑜心生不满的将军。

曹操大喜，若是黄盖带着东吴一众将领临阵倒戈，东吴怕是要士气大落、元气大伤了。他隆重招待了阚泽一番，许下厚重的赏赐承诺，又趁着夜色将阚泽送走。

可阚泽的小船一离开，曹操的疑心病就又犯了——阚泽真的可靠吗？

想了想，他马上派蒋干再次前往周瑜的营寨，以会见同窗为借口，一探虚实。

不得不说，这个借口如此拙劣，周瑜听了不由得哈哈大笑起来，说："若是派旁人来，我还有些不放心；可要是蒋干来，这事就板上钉钉了！"

说罢，他跟侍从耳语了一番，让他去将一个神秘人请到西山背后的一间茅屋中，静等蒋干的到来。

却说蒋干大着胆子来见周瑜，周瑜一脸严肃地质问他："我把你当挚友，好心请你喝酒，你却趁机偷走我的密信，让曹操杀了蔡瑁、张允，害我谋划了好久的大事落了空。子翼啊，你委实对不起我！"

蒋干厚着脸皮抵赖道："公瑾，这着实是个误会，我根本不知道什么信。"

周瑜脸色铁青道："不管怎么说，我都不会再相信你了。你这次来，怕是又要图谋不轨。可我周瑜念旧，不忍心杀你，在我打败曹操之前，就暂时委屈你一下吧。"

说完，扭头命令小校道："把蒋先生送去西山小住一段时日。"

"公瑾，我……我……"蒋干还想辩驳，却被人捂住了嘴，一路押到西山背后的一座小庙中。两个小校早就得了周瑜的吩咐，把蒋干送到房间后便各自找地方睡觉去了，根本不管蒋干。

蒋干躺在榻上翻来覆去无法入眠，见门没有锁，门外也无人值守，他索性披上衣服出了门，打算随便走走散散心。

这天夜里，月光如银，照得大地一片明净，蒋干郁闷的心情也得到了一些纾解。刚走到小庙不远处，就听到远方隐约传来一阵朗朗的读书声。

蒋干竖起耳朵仔细聆听，这人读的还是孙子、吴起的兵书。蒋干也是一个读书人，当即就觉得他不是普通人，忍不住循着读书声找去，一路找到西山崖边的一间茅屋外。

月光照在窗棂上，素朗无尘，蒋干一下子就看到了屋内就着灯光读书的人。他上前敲了敲房门，自报姓名，请求一见。

那人很快就开门出来，与蒋干相见。

蒋干抬眼看这人，只见他身材消瘦，面容丑陋，浓眉掀鼻，黑面短髯，一副不修边幅的样子。蒋干略微有点失望，但一打听姓名，顿时大吃一惊——

这个人竟然就是庞统，传说中与卧龙齐名的凤雏。

凤雏庞统，正是周瑜安排在西山静等蒋干的神秘人。别看他其貌不扬，在东吴也没什么职务，但周瑜十分清楚他的能力，认定只有他能帮助自己完成那个计划。更何况，周瑜得到探子密报说，曹操对此人觊觎已久。

蒋干一听凤雏的大名，吃惊之后马上心里乐开了花：大名鼎鼎的凤雏居然在这里隐居，自己若是能结交此人，日后定能飞黄腾达。于是他马上向庞统施礼，然后热情地随庞统进入茅屋坐下闲谈。

这天晚上，蒋干听着庞统对各路诸侯、国家大事侃侃而谈，彻底被他的才华折服。他忍不住为庞统的每句话鼓掌喝彩，并在心里升起一个念头："这回我到江东没有探听到什么有用的情报，丞相肯定会不高兴。可要是我能把丞相心心念念的庞统拐带回去，不就能将功折罪吗？"

想到这儿，蒋干立刻将策反的意思说了，没想到庞统一口答应下来："你说得对。周瑜这个人心胸狭隘，我在江东注定无所作为，不如换个地方奔前程！"

蒋干喜出望外，当晚就带着庞统出逃，划着江边的小船奔回曹营，马不停蹄地面见曹操。

"哈哈哈哈，原来先生就是凤雏啊！"曹操听说庞统来投奔，激动得一张脸都要变形了，亲自出帐相迎，"我对先生日思夜念，派人天南地北去寻访，不承想先生竟然在这里。"

庞统摇摇头，说："落魄江东，非我所愿。"

"周瑜给先生安排的是什么职务？"

"并无职务。我不过是避难至此，隐居罢了。"

"嘶……"曹操听了之后忍不住发出一个牙疼似的怪声，"先生有经天纬地的大才，竟然没有得到重用，可见周瑜确实自恃才高，不能容物！"

庞统苦笑一声，眼神中流露出一丝经过多年蹉跎却仍没被消磨掉的雄心壮志。这眼

神一下子就打动了曹操，他马上拉住了庞统的手，说："周瑜不懂先生的良策，我却求贤若渴。我愿为先生牵马坠镫，还请先生不吝赐教！"

庞统脸上浮现出一抹被人赏识的欣喜，说："那就请丞相大人带我见识一下大军的军容吧。"

曹操闻言，立刻带着庞统一起巡视自己的营寨，看了旱寨又看水寨，对他十分信任。

庞统马上赞叹了几句："丞相大人果然善于用兵啊！这营寨布局讲究得很，依山傍水，出入有序，十分巧妙，就算是孙武再生也不过如此！周郎小儿，怕是没有多少日子可活了！"

曹操听了哈哈大笑，说："能听到凤雏先生一句夸赞，也不枉此生了！"

庞统也跟着笑，笑声断绝处紧跟着一声叹息，说："只可惜……"

曹操忙道："先生有什么话，不妨直说。"

庞统捋着自己那几根胡子，故作高深地道："我想劝丞相大人再招募一些良医，专治水土不服……"

简单一句话恰恰点中了曹操的心病。

现在的曹操大军中，除了那些投诚的刘表部下，剩下的基本上都是北方人，对于水上生活十分不习惯，不要说行军打仗，就连行走坐卧、饮食睡眠这些日常活动都要克服极大的不便。虽说曹操为了南征东吴，早就挖了个大池子来训练水军，可再大的池子又怎么能跟波涛汹涌的长江比呢？因此，近日军中生病的将士着实不少，曹操正为此事担心呢。

突然听见庞统这么说，曹操对庞统的敬重又多了几分，自然追问对策："那该怎么解决呢？请先生教我！"

庞统见曹操上套了，心里一喜，脸上却不动声色，说："我有一个良策，能保证大军身体康健，水上操练也不成问题。"

"请先生详说。"

庞统清了清嗓子，手指着远处江上随波摇晃的大船说："大江之中，潮起潮落，风浪不息。北方将士不习惯船上的颠簸，这才会生病。丞相大人只需将大船排成排，船的首尾用铁环连锁，再铺上厚木板，人走在上面如履平地，无论浪卷涛飞都不用担心了。"

"好啊！好啊！"曹操听完大声喝彩，"不愧是凤雏，这计策真是高明！"

庞统谦虚地一笑，说："良策也要有高人赏识才行，丞相大人独具慧眼，定能得偿所愿。"

曹操欣喜异常，命工匠连夜打造铁索、铁环，以三十只船为一组，牢牢地连缀在一起，铺好木板后，不仅人走得稳当，就连车马都行得，众人纷纷叹服庞统的过人才智。

大帐内，曹操与庞统把酒言欢，谈论兵事。借着醉意，曹操向庞统打听了许多江东的情报。庞统自然称了曹操的心意，佯装醉酒把该说的通通都说了。曹操听得那叫一个舒坦，对庞统的眼神更热切了，封赏更是一点都不心疼。

庞统自然是假装被感动的样子，拍着胸脯说："我看江东豪杰，大多对周瑜心有不满。虽然我庞士元职位不高，但在江东也颇有些朋友，我愿意凭着我的三寸不烂之舌，为丞相去游说他们，以报答丞相的知遇之恩。只要周瑜众叛亲离，那丞相对他就能手到擒来了。"

曹操闻言哈哈大笑，说："哎呀！那真是求之不得，求之不得呀！先生若能成功，我一定会上奏天子，封你为三公。"

庞统放下酒杯，神情凝重地向曹操拱手行礼，说："丞相大人，我不求高官厚禄，只求您一件事。我的亲眷、族人俱在江东，我不忍心他们被祸及。您攻下江东是大势所趋，无论是周瑜、鲁肃，还是刘备、诸葛亮都无法阻拦。希望您挥师南下之际体恤百姓，莫要让生灵涂炭。"

曹操立刻回礼道："我曹孟德不是嗜血的狂徒，怎么会滥杀无辜百姓呢？请先生放

心，如果能和平解决江东之事，我定会保百姓太平。"

庞统眼中带泪，又向曹操深鞠一躬，言说要到江东去说服将士百姓归顺曹操，曹操哪有不同意的，立刻高高兴兴放他离去。

庞统站在江边，心潮澎湃。周瑜要下一盘大棋，而他对曹操献计是其中至关重要的一环。面对奸雄曹操，要说不担心，那是骗人的，但他自从入了曹营之后处处小心，总算顺利完成了任务。此时只需要乘船离岸，就能平安脱身。

可还不等庞统登上小船，一个黑黢黢的人影就出现在他的背后，与此同时，一只手紧紧攥住了庞统的手臂，说："士元，你好大的胆子啊！"

庞统惊得魂飞魄散，扭头一看，原来是徐庶，不由颤声道："元直，是你！你要干什么？"

徐庶冷冷一笑，说："这话该我问你，你想干什么？"

庞统耸耸肩，甩脱了徐庶的手，不以为然地说："我不过是给曹操献了一条计，换取我家乡父老的平安。"

"献计？哈哈哈哈！"徐庶冷笑着说，"恐怕你那良策，是要把八十万曹军置之死地的吧？先是黄盖用苦肉计，再是阚泽送诈降书，如今你又来献计锁战船，还真是一环接一环，你们是真怕不能将曹军一把火烧干净呀！你们骗得过曹操，可骗不了我！"

庞统闻言脸色大变，问："你……你都知道了？你要揭穿我吗？曹军南下，我们江东八十一州的百姓无辜啊！"

徐庶却逼问他："难道曹操的八十万将士就不是人命？就不是父母养的吗？"

庞统面色铁青，说："元直，你若是去曹操面前告发我就只管去。我谋算不如人，心甘情愿认栽。我就一句话，江东百姓的命可都握在你的手里了。"

夜晚江边的凉风吹在徐庶的脸上，他却仍然感到火辣辣的，仿佛正在被烈焰灼烧一般。挣扎了好久，他才开口道："元直，你大概也听说了我被曹操诓骗的事吧？他为了骗我入曹营，用我母亲做人质，逼得我母亲以死殉节。我已经在亡母灵前起誓，此生不为曹操献一计，又怎么会揭穿你呢？我今天来见你，是想求你帮我脱身。我现在身在曹营，每天内心都无比煎熬。"

庞统闻言松了一口气，笑着说："这也不是什么难事，元直，你附耳过来，我告诉你。"

徐庶微微弯腰，附耳过去，就听见庞统低声说："你找几个心腹，在曹营士兵中散布谣言，就说西凉的马腾和韩遂造反了，很快就要打到许都了。然后你再找个机会说服曹操派你前去助战，如此便可暂时脱身。"

徐庶眉眼顿时舒展开来，说："好主意！我怎么没有想到呢？"

庞统略有些得意地说："如果你能想到，那凤雏就是你了！"

徐庶深深一揖，说："若此番能够金蝉脱壳，我一定重重谢你！"

"不用谢，不用谢，我的把柄还在你手里呢，你只要闭紧嘴巴就算是谢我了。"庞统笑着说完，信步登船，那模样仿佛一个游历人间的散仙。

徐庶望着庞统的背影出神了许久，才回转营帐。

第二天，一个来源不明的谣言便如瘟疫一般在曹军大营传播开来，并很快传到曹操的耳朵里。曹操赶紧聚集众谋士商议对策。

"我率军南征，最担心的就是西凉谋反，如今这事还是发生了……"曹操长叹一声。

荀攸道："谣言真假难辨，不足为信。"

曹操思索了半天缓缓摇头，说："也不可不防啊。"

徐庶闻言，立刻上前毛遂自荐，愿意引兵三千去把守散关隘口，防备西凉兵东进。

荀攸满腹狐疑地看向徐庶，这人怎么舍得开口了？徐庶无视这道目光，面色如常，看不出任何破绽。

大战一触即发，曹操也没有更多的心思去料理马腾和韩遂之流，所以欣然接受了徐庶的自荐，还将散关之上的全部军士拨给徐庶统领。他可不知道的是，徐庶这一走，如同泥牛入海，从此杳无音信。

趣味链接

说说连环计与《三十六计》

人们常说，"三十六计，走为上计"。连环计是"三十六计"中的第三十五计。

庞统怂恿曹操把战船用铁索连起来，后来黄盖纵火烧船，使曹操连成一片的战船无法逃脱，损失惨重。连环计就是让敌人自相拖累，然后再发起攻击，一击制胜。当敌人兵多将广，自身不能与之硬拼时，就可以多种计策同时使用，一环扣一环，使他们自相拖累，以削弱他们的势力。将帅如能在军中灵活、巧妙地运用连环计，可以摧毁任何强敌。这就是《三十六计》中连环计的按语。

不过，你知道吗？是先有的"三十六计，走为上计"这句俗语，后来才有好事者采集群书，整理出《三十六计》这本兵书。当然，虽然这本书由何人何时编撰已不可考证，但不可否认的是，这本书精选了古代优秀的军事思想和丰富的斗争经验，很多人都对它爱不释手，影响范围早已超出了军事领域。

诸葛孔明借东风

——两大军事奇才的生死局

时值隆冬,江南的风也变得凛冽凶狠,仿佛一头龇牙咧嘴的野兽,用锋利冰冷的牙齿啃啮着人们的脸颊。

周瑜和鲁肃并肩站在山顶,向远方雾气迷蒙中的曹军大营眺望。突然,旌旗的一角翻卷,擦到周瑜的脸,他正在想心事,猝不及防被抽到一下,整个人都怔住了。

鲁肃笑着说:"这西北风比刀子还凛冽啊!"

"西北风?"周瑜喃喃地念着这三个字,突然"哇"地吐出一口鲜血,歪倒在地。

"公瑾!你怎么了?"鲁肃吓得大叫,手忙脚乱去扶他。

周瑜神志不清,沙哑着喉咙胡言乱语道:"风……风……"

"什么风?"鲁肃急得手足无措,连连追问,但周瑜已经人事不省了。

鲁肃只得先将周瑜安顿好,而后马不停蹄地跑到馆驿去找诸葛亮讨主意。

诸葛亮微微一笑,说:"风啊……周都督这病,医生治不好,但我诸葛亮恰好能治。"

鲁肃一把扯住诸葛亮的衣袖,说:"孔明,快随我去给公瑾治病。大战马上就要打响了,主帅病倒是会动摇军心的。"

诸葛亮不慌不忙地来到周瑜的病榻前,只见他脸色惨白、咳嗽不止,目光里满是疲急,哪还有昔日倜傥潇洒的模样?

"公瑾,不过是几天没来见你,你怎么就病倒了?"诸葛亮明知故问。

周瑜一脸冷漠地回答说:"人有旦夕祸福,哪里能够时时周全?"

诸葛亮丝毫不理会周瑜的冷漠和鲁肃的焦躁,笑着说:"公瑾,你的病在心不在身,我恰好有一剂好药,保证你用了药到病除。"

说罢,他径直来到书案旁,提笔写下两行字,而后将纸条递到周瑜面前。周瑜接过来,只看了一眼立刻瞪大了眼睛,惊到说不出话来。

纸条上写的是:"欲破曹公,宜用火攻;万事俱备,只欠东风。"

周瑜忍不住开口问道:"先生莫非真的能通神?竟然把我的心病看得透透的。"

诸葛亮笑而不语,他当然知道周瑜的心病就在于风。

前些日子,周瑜和黄盖使出苦肉计,又派庞统去骗曹操将战船锁成一片,为的不就是用火攻吗?这一环扣一环,确实很精妙。可他千算万算,还是算漏了天气——如今是隆冬时节,刮的都是西北风,而曹操大军占据江北,一旦点火,风将火势向东南吹,不仅烧不到曹操大营,反而会将东吴的营寨烧个干干净净。

风卷旌旗打了周瑜的脸,才让他猛地想到了风的问题,一时之间急火攻心,这才吐了血。

眼下,见诸葛亮完全猜中了自己的心思,周瑜也不藏着掖着了,他一脸殷切地问:"终究是先生神机妙算,技高一筹。如今事态紧急,还请先生赐教,怎么才能破这个死局呢?"

诸葛亮神色淡定地摇了摇羽扇,说:"公瑾别急。眼下虽然是西北风,可到了攻曹那日我保证有你想要的东南风。"

"这天象也能想改就改吗?你要怎么改?"周瑜闻言大喜,连连追问道。

诸葛亮故意摆出一副高深莫测的模样,说:"公瑾,你对我还是不了解呀。我诸葛

亮虽然不是什么大才，但也略微懂一些天象，跟随高人学过一些呼风唤雨的本领。你只需要在南屏山修建一座七星坛，让我上去作法，我保准能借来东南风，助你成事。"

"此话当真？"周瑜听他说完，心里凉了半截，半个字都不敢信。这么神神叨叨的事儿，说给谁谁能信呢？

诸葛亮却煞有介事地说："你信我，我送你三天三夜东南风；你若不信我，那你的计划就要前功尽弃了。"

事到如今，也只能死马当成活马医了，周瑜这样想着，开口问道："什么时候有东南风？"

"十一月二十日甲子时我登坛作法，到二十二日丙寅时风止。这几天时间可够了？"

周瑜皱着眉头问："如果到时候没有风……"

"尽管把我的脑袋拿去。"诸葛亮脸上的表情轻描淡写，仿佛呼风唤雨这种事，对他来说与喝茶、睡觉没什么区别似的。

周瑜想到诸葛亮能在一夜之间弄来十几万支箭，应该还能再创造一次奇迹吧？反正眼下这种形势，除了选择相信诸葛亮，也没有别的什么法子了。

于是，周瑜按照诸葛亮的要求，拨出五百名军士到南屏山建造七星坛，又拨出一百二十人负责执旗守坛，听从诸葛亮的安排。

诸葛亮当即来到南屏山，让人给他搭了一座休息用的草庐，一边监督七星坛的修建，一边训练守坛的士兵，教他们旗令规矩。

没几天的工夫，法坛就建好了。到了十一月二十日甲子时分，沐浴斋戒后的诸葛亮身穿道袍，赤脚披发来到法坛前。

诸葛亮一脸严肃地对军士们吩咐道："一会儿我开始作法，你们要记住四点：不可以擅自离开自己的方位，不可以交头接耳，不可以胡说八道，不可以大惊小怪。有违抗我命令者，立斩不赦！"

"是！"

吩咐妥当后，诸葛亮这才缓步登上七星坛，到高处的正中央站定，而后环视四方：只见五色旌旗按照阴阳八卦的布局排列工整，负责守坛的军士或手执旗帜，或捧着宝剑，或高举招风杆，个个表情肃穆，目不斜视。

他开始焚香于炉，注水于盂，仰天祝祷。

祝祷一段时间后，诸葛亮就下坛回草庐休息一会儿，让军士也换班吃饭。但他这一天下来，上坛三次，下坛三次，却连一丝东南风的影子都没有。

诸葛亮在七星坛上忙碌的时候，黄盖等人已经做好了出发的准备：二十艘他要带去

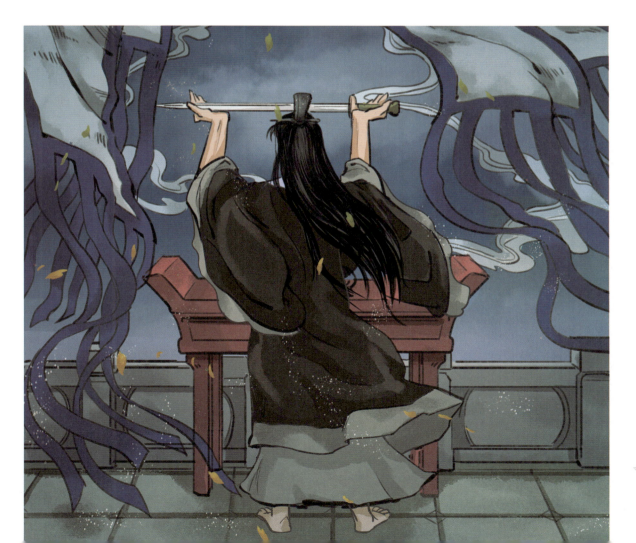

诈降的大船全都蒙上了油布,里面装满了芦苇和柴草,上面又撒了引火的硫黄、硝石等物,船尾系着逃生用的轻快小船,船头则插着一种特殊的青龙牙旗——那是阚泽与曹操约定好的"投降"信号。

阚泽自曹营诈降归来后,便当起了"联络使者",将黄盖"降曹"一事落到实处。等到黄盖终于快要出发时,他又负责和甘宁一起拉着蔡中、蔡和兄弟窝在水寨里饮酒作乐,一步也不放他们下船,让他们一点消息都探听不着。

而周瑜也早已调兵遣将完毕,做好了战斗准备,只等风起便可行动。可眼看着天都要黑了,诸葛亮在七星坛上忙活了半天,一丝东南风都没有,周瑜的心里忍不住开始打鼓。他每隔一个时辰就派人去七星坛打探情况,回来都说:"孔明先生正在祝祷呢。"

周瑜心里的火气越来越大,忍不住对鲁肃抱怨道:"这个诸葛亮也太自大了!隆冬时节哪里来的东南风?我就不该相信他!他一定是在诓我!"

鲁肃摇摇头,说:"不会的!不会的!击败曹操,是我们两家共同得利,孔明他不会胡来。"

"我就看他能虚张声势到什么时候!要是敢诓我,我绝不饶他!"周瑜恨恨地从牙缝里挤出这句话。

话音刚落,就听见外面风声呼呼作响,紧接着就有负责瞭望的小校冲进帐内大声报告道:"启禀都督,起风了!"

周瑜疾步走出大帐外,喃喃道:"诸葛亮竟真有这般通天的本事?"

鲁肃大喜过望,欢欣雀跃地说:"公瑾,大事成了,大事成了!"

周瑜回过神来,吩咐说:"子敬,你快派人去告诉黄盖,即刻启程,按计划行事!"

鲁肃飞奔离去后,周瑜唤来帐前的护军校尉丁奉、徐盛,吩咐说:"你们速去七星坛,把诸葛亮的脑袋给我带回来!此人有夺天地造化之术,须及早杀之,免生后患。"

丁奉、徐盛领命离去,两人分别从旱、水两路分头去七星坛。到七星坛时,坛上只有一群木雕泥塑般的守坛军士，哪里还有诸葛亮的身影？

丁奉气急败坏地揪过来一个军士，厉声问道："诸葛亮呢？诸葛亮去哪里了？"

那军士吓得浑身发抖，几乎站不住身子，却紧闭着嘴巴不说话，气得丁奉挥起蒲扇般的大掌，狠狠给了他几记耳光。那军士疼得龇牙咧嘴，却还不说话。

丁奉的眼珠子都快要瞪出来了，斥责道："说话！"

那军士哭丧着脸呜咽道："小的……小的不敢说话……"

"为什么？"

"孔明先生说了，守坛时说话，会被无头鬼拔舌头……"

丁奉厉声打断道："他骗你的！快说他去哪里了？"

"将军，我刚刚看到诸葛亮下坛后往江边去了。"另一名军士插话道。

丁奉三步并作两步赶到江边，正好遇到了从水路赶过来的徐盛。两人找了一圈儿也不见诸葛亮的踪影，问了江边的士兵才知道，诸葛亮已经坐船离去了。

丁奉和徐盛再次分两路去追袭。

在东南风的催动下，徐盛的船帆鼓起，小船如离弦的箭一般向前驶去，不一会儿就看见了前方诸葛亮的小船。

徐盛站在船头，将双手拢在嘴边做喇叭状，高喊："诸葛先生，请等一等！我家都督请你去吃酒呢！"

诸葛亮闻声，站到船尾大声回应道："有劳尊驾回去禀报周都督，诸葛亮去也！山高水长，自有相会之日！"

徐盛急道："我家都督并没有恶意啊……真的有要事相商，还请停一下！"

诸葛亮又笑着说："你家周都督心胸狭隘，我早就料到了他会派人来伤我性命，你不必再诓骗我了。"

徐盛见他软硬不吃，便暗暗做个手势，命军士调整船帆弧度加紧行船。

诸葛亮早就猜到了他的心思,喊道:"徐将军不必再徒劳了,我早就让赵云将军前来接应,你不想丢命的话,趁早回去。"

徐盛还以为诸葛亮是在诈他,谁料定睛一看,站在诸葛亮身后的高大身影不是赵云又是谁!

"常山赵子龙在此!还不速速退去。"说话间,赵云拈弓搭箭,瞄准徐盛。

徐盛猛地一怔。赵子龙自从在长坂坡七进七出救出幼主后便声名鹊起,天下谁人不知,谁人不晓?

不等他从震惊中回过神来,就听见赵云又说:"徐将军,我一箭射死你,比弹开一只苍蝇还要容易,但我家主公不愿伤了两家和气,更不想折了周都督的面子。如此,我便只给你一点颜色瞧瞧,望你知难而退!"

说罢,赵云弓箭轻轻上移,对准徐盛船上系帆的绳索,"咻"的一声射去,那船帆瞬间从桅杆顶部落下,徐盛的船开始在水中转起了圈圈,不再前行。

赵云小露绝技,让徐盛又惧又叹,只得眼睁睁地看着诸葛亮的船劈波斩浪而去。

周瑜听完徐盛的汇报,呆坐半晌,才开

口叹息道："这个诸葛亮如此多谋，处处棋高一着，实在是让我寝食难安啊！"

鲁肃已经知道了他所做的一切，眼下也只得劝导道："事已至此，都督还是先专心打曹操吧，其他事以后再慢慢计划。"

周瑜想起已经出发的黄盖和严阵以待的东吴众人，只得听从了鲁肃的劝导，专心攻打曹操。

走上神坛的诸葛亮

在本回中，诸葛亮夺天地之造化"借东风"，之后又神机妙算般躲开了周瑜的追杀，这一手本事，让你心服口服了吗？

有些读者可能会好奇，历史上的诸葛亮也这么"神"吗？

答案当然是否定的。历史上的诸葛亮确实饱读诗书、才华横溢，除了治国才能，更在文学、书法、绘画、军事、科技发明等诸多方面展现出卓越的才能。但能"借东风"，确实是小说中过度神化了。

在小说《三国演义》中，作者罗贯中奉行"尊刘贬曹"的策略，也捎带脚儿地为诸葛亮加上了主角光环。为了塑造其聪明绝顶的形象，罗贯中为他虚构了许多情节，什么"夜观天象""占卜吉凶""呼风唤雨"……但实际上，从《三国志》《资治通鉴》等史书来看，诸葛亮在赤壁之战中起到的作用并不大。

诸葛亮之所以被神化，是因为他相对完美的"忠君"人设。所以尽管诸葛亮辅助蜀汉的大业并不成功，但后世依然敬仰他这位悲剧英雄，不仅儒家的知识分子对诸葛亮推崇备至，甚至连"官方"都认可他的伟大精神。从晋代开始，历代统治者都在给诸葛亮升官晋爵，赐庙加号。民间也将他作为智慧的化身，无所不能的"神人"，备加推崇。就这样，诸葛亮从一位杰出的政治家逐渐走上了神坛。

周公瑾火烧赤壁

——让曹操惊心动魄的一夜

曹操近来的心情很不错,自打与周瑜隔江对垒,拉开大战的序幕,很多事情都变得异常顺利,就连他最担心的将士不惯水战的问题,也随着庞统献出的连锁战船之计迎刃而解。因此,曹操相当志得意满,觉得征服江南指日可待,甚至在江边置酒设宴,提前庆祝了起来。

但程昱却本能地从锁船计中嗅出了一丝危险的味道,说:"将船只锁在一起固然稳当,可对方要是用火攻……"

曹操先是一愣,转而用手指虚点了点程昱,笑着说:"你呀,你呀……有谋略却少常识啊,我军在江北,周瑜在东南,这寒冬腊月刮的都是西北风,他们要是用火攻,遭殃的只会是周瑜!"

没想到,十几天之后就刮起了东南风,谨慎的程昱再次前来进言:"如今起了东南风,丞相还是要小心提防着些。"

曹操却笑着说:"仲德多虑了,我军已准备充足,周瑜不足为惧。如今冬至已过,阳气初生,刮东南风是正常事,没什么好大惊小怪的。"

不等程昱再多说些什么,就有人送来了黄盖的密信,信中称:"我已找到脱身的良机，将于今晚二更带着从鄱阳湖新运到的粮草来投降。"

曹操见到这封信简直乐坏了，带着众人到水寨中的大船上，等候黄盖的到来。

周围的文臣武将对曹操一片恭维之声，可程昱心里却越发不安起来。以他对周瑜和诸葛亮的了解，他们必然有所图谋，只是眼下情报有限，根本就说服不了丞相。程昱现在手里掌握的情报，基本上都是蔡和、蔡中和蒋干送来的，这三个家伙在程昱看来，也不过是比死人多口气罢了。尤其是那个蒋干，夸夸其谈，面目可憎，怎么看都不像是个靠谱的人。可惜丞相偏偏对他说的话深信不疑，就连情报失误导致误杀蔡瑁的大错，也轻描淡写地遮了过去，不许任何人再提。为此，程昱很是忧心。

曹营中心思各异的众人暂且不提，单说东吴大营。

周瑜终于等来了他心心念念的东南风，连忙调兵遣将，将甘宁、太史慈、吕蒙、凌统、董袭、潘璋等将领一一分派好任务，只等黄盖一得手便发动总攻，定要将曹操杀得片甲不留！

与此同时，已经出发去曹营"投降"的老将黄盖手提利刃站在船头，一言不发。猎猎东风将他花白的胡须吹得在胸前乱舞，让他整个人看上去就像一头准备厮杀的苍老雄狮。

黄盖带来的这二十艘快船因为载重不多，又借着风势，很快就如穿云箭一般驶向江北曹军大营。

船头的黄盖遥遥望见曹军大营那连成一片的大船、小船，忍不住暗暗心惊：整座曹操大营宛如一座巨大的水上堡垒，半隐半露于风浪之中。眼下，这座水上堡垒灯火通明，照亮了半边天，一时半会儿也说不清曹军究竟有多少人马。

黄盖的目光不由得又聚集在身边的将士身上，这些江东子弟都是他亲手挑选出来的勇武之士，抱着九死一生之志，要为父老乡亲博得一线生机。他们尚且毫无惧色，自己一个须发皆白之人，又有什么可畏惧的呢？

想到这里，他目光如炬，紧紧盯着前方。

忽然，江上出现了一队小船，领头的船头上站着一个将军模样的人，大声喊道："来将可是黄盖黄老将军？"

变故横生，黄盖暗叫不好，难道计策被识破了？他不敢多想，硬着头皮回答道："正是！来将是谁？"

来将又喊："我乃文聘。黄将军，丞相大人有令，你们就在此地等候，不可靠近水寨！"

文聘之所以会来横插一杠子，阻止黄盖靠近水寨，是因为程昱看出了一些端倪："黄盖在信中说要带着粮草来投降，可船上若是真的有粮草，必定船身重滞，船舷吃水深，可眼下他们的船身轻且浮，在水面上的滑行速度飞快，难免让人不多想！"

曹操也被他的这波分析吓出了一身冷汗："船上带的不是粮草？他是来诈降的？"

他转身问身后众人："你们谁能去阻止他们靠近？若是能上船一探虚实就更好了。"

文聘主动请缨："我还算熟悉水战，愿意前往。"

文聘的阻拦让黄盖明白，曹操一定是起了疑心，他佯装动怒道："此前在书信中约定好了，要我的船直接驶进水军营寨，如今怎么变卦了？难道丞相大人到现在还信不过我？"

文聘说："黄老将军请勿多心。今夜忽然刮起了东南风，颇为古怪，丞相大人这么做也是避免出乱子……黄老将军若是诚心来投，可否愿意让我上船一看？"

黄盖见文聘铁了心要坏他的好事，也不多费口舌了，他拈弓搭箭，一箭射中文聘的左臂。趁着文聘倒地不起、船上乱作一团的时机，黄盖命令身后的军士们："加紧行船！冲过去！"

要想一击致命，必须无限接近曹军大营。

站在水寨大船上的曹操看着黄盖的那二十艘船没有被文聘拦住，反而如离弦的箭一

般飞快朝水寨驶来,不由得大惊失色:"弓箭手,快!给我逼停他们!"

可事情已经来不及了……

黄盖的船队很快就驶到距离曹操水寨不足二里的地方,黄盖挥动大刀,前船一起点火,船上的硫黄、硝石助长了火势,很快,一艘艘火船犹如一头头猛兽呼啸着扑向曹军水寨,以迅雷不及掩耳之势引燃了连成一片的大船小船。

火借风威,风助火势,很快便蔓延开来,曹军水寨大营不一会儿就火光冲天、黑烟滚滚,连江面都被映得通红。曹军将士烧死、溺死者不计其数,哭爹喊娘声、惨叫哀号声不绝于耳。

黄盖等人在大船起火后就迅速跳上了拴在大船后的小船,此时正驾着小船冒火突围,来找曹操。他想要斩杀曹操立头功,于是高声问道:"曹贼在哪里?给我找曹贼!拿下他的人头,重赏少不了!"

东吴将士们一听更加奋勇当先,争先恐后找曹操。

曹操听了吓得魂飞魄散,两条腿不听使唤似的直哆嗦,他想跳上岸逃跑,却根本迈不开腿。正惶恐不安时,张辽驾着小船赶到,说:"丞相大人,快上船!"

曹操听到这声亲切的呼唤,眼泪差点掉下来,感慨地说:"文远,还好有你来救我!"

说话间，就被张辽等人扶上小船，落荒而逃。等他在小船上回头看时，就见自己刚才所在的那艘大船已经着火了。曹操忍不住心惊："文远要是再晚来一步，我可就没命了。"

张辽可没空想那么多，他一心只想着保护曹操逃出生天，他和身边的数十人全力划着小船，朝岸上飞奔而去。

黄盖虽然年迈，但眼睛却不花，曹操下船时他就发现了，那个穿绛红袍的人一定就是曹操！他站在船头大喝道："曹贼不要跑！黄盖在此！"

曹操被他一声暴喝吓得肝胆俱裂，下意识地就想去扯自己身上的袍子。张辽见状，冷静地摸出弓箭，一箭射去，正中黄盖的肩头。黄盖吃痛，翻身落入江水中。幸亏他从小在江东长大，水性极好，这才有幸保全了性命。

摆脱了黄盖的张辽，连忙护着曹操逃上岸。曹操看着眼前的一幕直接目瞪口呆——

曹操的水军大寨已经被烧成一片火海，旱寨也没能幸免于难。黄盖这边火起之后，甘宁带人突袭了曹操在乌林的粮仓，吕蒙配合着放火烧旱寨。眼下，陆上旱寨也已经变成了一片火海。

曹操不敢相信自己的眼睛，忍不住喃喃道："怎么会这样？老天爷这是要亡我曹操吗？我不信！"

张辽见曹操魂不守舍，急忙催促道："丞相大人，快上马，追兵要来了，我们得赶紧走！"

张辽和曹操带着身边仅存的一百多骑兵，绕道乌林，想躲开东吴的伏兵。谁知走了还不到三五里，就接连被吕蒙、凌统等东吴大将拦击。

幸而关键时刻，徐晃带着人马前来接应，与东吴人马混战一场后，护着曹操一路向北逃跑。很快，一行人又遇到了屯驻在山坡前的马延、张颛，两人领着手下的三千北地兵马护送曹操继续前行，曹操的心这才稍稍安定了一些。

趣味链接：《三国演义》十大战役

在本回中，脍炙人口的赤壁之战终于上线了，大家看得可还过瘾？在《三国演义》中，罗贯中描写了不少战争名场面，下面咱们就来一起盘点一下吧！

序号	战役名称	作战双方	战斗结局
10	入洛之战	十八路诸侯对阵董卓	董卓弃洛阳而去，十八路诸侯陆续率军进入洛阳城
9	濮阳之战	曹操对阵吕布	吕布战败，兖州重新回到了曹操手中，曹操巩固了自己在北方的地位
8	官渡之战	曹操对阵袁绍	曹操全面胜利，奠定了他的北方霸主地位
7	汉中之战	曹操对阵刘备	刘备胜利，顺利占据汉中
6	南郡之战	孙刘联盟对阵曹操	孙刘集团获胜，但双方均伤亡惨重，周瑜在此战中受了重伤
5	彝陵之战	刘备对阵孙权	孙权胜利，刘备战败。之后双方为了共同抗曹再次联合起来
4	西陵之战	东吴对阵西晋	吴胜晋败，东吴得以续命
3	潼关之战	马超等西凉联军对阵曹操	西凉联军战败，曹操进一步奠定了霸主地位
2	徐州之战	曹操对阵刘备	曹操大胜，刘备狼狈逃去投奔袁绍。徐州大胜使得曹操避免了在官渡之战时两面作战的局面，为官渡之战的胜利奠定了基础
1	赤壁之战	曹操对阵孙刘联军	曹操大败，三分天下之势初成

华容道关羽放曹操

——拿捏关羽只需要一个"义"字

狼狈的曹操之后还遇到了甘宁、太史慈、陆逊等将领围追堵截,只能马不停蹄地继续逃。一直跑到五更天,终于把东吴的追兵甩开了。他趴在马上喘了好一会儿气,平复了心情后,才有空借着晨曦四下打量,问道:"此处是哪里?"

"这里是乌林之西、宜都之北,再往前走就是彝陵了。"跟在他左右的侍卫道。

"哈哈哈哈!"马上的曹操环顾了一圈环境后,突然爆发出一阵狂笑,吓了左右侍卫一跳。

"丞相大人,您为何要大笑……"

"我不笑别的,单笑周瑜和诸葛亮一对蠢材!这里地势易守难攻,怎么不设个埋伏?"

曹操的话音未落,一个声音响起:"曹丞相果然聪明,和我家军师想到一处了!常山赵子龙在此守候多时了!"说罢,一个人影从林中闪出,紧接着四面鼓声震天响,差点儿将曹操从马上惊下来。

谁?赵子龙?曹操顿觉一盆冷水当头浇下,整个人僵住了。徐晃和张郃连忙打马上前,联手抵住了赵子龙,曹操这才趁机逃走。

天色渐渐亮了起来，充满邪性的东南风一阵紧似一阵，终于唤来了瓢泼大雨。曹操和他的残兵败将顶着大雨继续前进，一个个浇成了落汤鸡，苦不堪言。

一行人好不容易来到葫芦口，雨也渐渐停了，曹军众人都饥肠辘辘，实在跑不动了，纷纷倒在路边歇息，也不管路边是草窝还是泥坑。

曹操只得下令在此地暂歇。有军士去附近的村中抢了些粮米，点起篝火，开始埋锅做饭。就着氤氲而温暖的炊烟，曹操坐到火堆边，解开盔甲，拧了拧头发和衣服里的水，这才长长叹息一声："唉！真不容易啊！"

待收拾好自己后，曹操斜斜靠在一棵大树旁，忍不住仰天大笑起来。

众将士被他的大笑吓了一跳，忙问："丞相大人这次又笑什么呢？"

"我笑周瑜、诸葛亮毕竟还是没见过什么世面，智谋不足！这样好的一片林子，要是他们在这里安排些埋伏，我可就插翅也难飞了！可你们看，四处哪里有伏兵？这还不值得我嘲笑他们吗？哈哈哈！"

"曹贼哪里逃！吃我张飞一矛！"曹操的笑声未落，就听见一声暴喝，紧接着张飞骑着马，挥舞着丈八蛇矛，冲杀过来。

曹军众人顿时乱作一团，曹操也被吓得触电般一跃而起，连铠甲都顾不上穿，胡乱抓住一匹马，翻身骑上去就跑。

为了给曹操争取时间，"虎痴"将军许褚直接骑着一匹没有马鞍的马就迎上来，拦住张飞的去路。张辽、徐晃二将也连忙上前帮忙。

一场混战过后，曹军诸将各自脱身，张飞勒住马缰绳懒得再追，看着他们渐渐远去的声音，冷笑着说："你们又能跑到哪儿去呢？我二哥就在前路等着给你们收尸呢！"

没错，曹军逃跑方向的前方正是华容道，而埋伏在那里的正是关羽。

诸葛亮"借东风"之后，成功预判了周瑜的心思，在赵云的接应下顺利返回江夏大营。而刘备和刘琦也早早按他吩咐的，备足了兵马战船，只等他一回来，立刻排兵布阵，

给曹操致命一击。

中军帐中,赵云、张飞等将领都陆续领到军令离去,唯有关羽的名字一直没有被提起。关羽的脸色不免有些难看,在诸葛亮起身准备离去时,关羽终于耐不住发问:"自从黄巾起义以来,我跟着兄长征战四方,从不曾落后于人。如今大战在即,军师为何单单将我置于一旁?为何不派我出战?"

诸葛亮停住脚步,佯装为难地看了关羽一眼,长叹一口气后才开口:"云长啊,不是我不想派你出战,相反,我本打算派你去把守一个最要紧的隘口……唉,可这件事对你来说实在为难,你怕是做不到……"

关羽正色道:"军师,到底有什么为难的,不妨直说。"

"云长一向重情重义,值得敬重。这次恰恰是因为你重情重义,事情倒有些难办了……"诸葛亮踱着步子,仿佛下了很大决心才说出口,"曹操如今兵败,一定会从华容道逃走,那里道路崎岖,兵马难行,若是云长你去把守此关隘,必能活捉曹操。然而……从前曹操待你极好,若他拿之前的恩情说事,恐怕你会一时心软放过他……"

关羽的脸色顿时黑沉下来,说:"军师多虑了!曹操于我是小恩,兄长于我是大义,孰轻孰重,我分得清!况且当日我为曹操斩颜良、诛文丑,早就报答完他的恩情了,又怎么还会放过他呢?"

诸葛亮问:"那要是你把他放跑了怎么办?"

关羽说:"军师若是信不过我,我大可以立下军令状。如果我放走曹操,任凭军师军法处置。可如果曹操不走华容道,又怎么说?"

诸葛亮坦然一笑,说:"我也可以立下军令状。"

两人迅速写下军令状。而后诸葛亮吩咐说:"你到华容道之后,先寻一处高处,堆积柴草放一把火烟,将曹操引过去。"

关羽不解地问:"曹操见到烟,肯定就知道华容道有埋伏,怎么还会去呢?"

诸葛亮笑着说:"你难道不知道兵法讲究虚虚实实吗?曹操这人生性多疑,见到烟一定就会认为这是在虚张声势,反而会走这条路。"

关羽听他这么说,不再质疑,领着关平、周仓及五百士兵一起到华容道埋伏去了。

诸葛亮望着他离去的背影,愣了一会儿,才感慨道:"唉,也是曹操命不该绝啊!罢了!罢了!"

"确实,我二弟义气深重,若曹操真从华容道走,他怕是真的会放过曹操。"一旁的刘备此时终于忍不住出声,"军师既已猜到,为何还要派云长去守华容道呢?"

诸葛亮解释说:"主公,如果曹孟德真的死在华容道,北方将会再次大乱,三分天下的大计怕是难以实现了。他现在还不能死,索性就让关羽去做这个人情,也是一桩美谈。"

刘备点了点头:"先生神机妙算,天下少有!"

再说关羽,他到华容道之后,果然等来了曹操。

尽管关羽觉得自己已经下定了决心,一定不会心软放了曹操。可真见到曹操的那一刻,他的心还是乱了。

眼前的这个人满脸黢黑,发冠跑丢了,头发也乱了,身上溅得到处都是泥渍,一双沾满血污的手紧紧揪着马缰绳缓慢前行。这个狼狈的人真的是那个不可一世的曹操吗?

曹操这一天一夜过得实在精彩,先是一场大火烧毁了他的营寨,而后东吴和刘备的人马追得他狼狈逃窜,虽然不断有残部追上来保护他,但这么一关一关突围下来,眼下身边也仅剩下三百多人了。

到了一处三岔路口,曹操看到华容道燃起的火烟,果然心生疑窦,选择了走艰险狭窄的华容道。

刚刚下过大雨,华容道上泥泞不堪,仅余的残兵败将又累又饿,赶起路来十分艰难,有几个累得哭倒在地,不愿意再起来。

曹操大怒，命令张辽、许褚、徐晃带领一百人马在后面监督，谁要是动作慢了就立即斩杀，吓得其他人赶忙相扶相携，往前继续走。

好不容易走过了泥淖地，众人都长长出了一口气。没等这口气落地，就听见骑在马上的曹操哈哈大笑起来。这一笑把死里逃生的将士们吓得心惊胆战，都暗叫："我的丞相大人啊，你可别笑了，你这次笑指不定又要把谁招出来了！"

"诸葛亮啊诸葛亮，人人都说你足智多谋，要我说你还是不够聪明。要是你在这里安排一支伏兵，今日我不就只能束手就擒了吗？"

曹操的话音未落，忽然就听到一个熟悉的声音："久违了，丞相！"

"啊！关羽！他居然在这里！"曹操看到那双波澜不惊的丹凤眼时，心头一阵惊雷滚过，浑身的血液瞬间都凉了。

一旁的程昱小声建议道："丞相，眼下人困马乏，不能和关羽硬碰硬。我听说关羽这个人素来重情义，丞相不如试试亲自向他求情，也许他能放我们一马。"

曹操看看自己身边的残兵游勇，也只能这么办了。他抹了一把脸，酝酿了一下情绪，而后纵马上前几步，眼泪汩汩而下，颤抖着声音问："云长，我已经落到这步田地了……你……你能不能看在往日的情分上放我一马？"

关羽正色道："过去我虽蒙受丞相大恩，但也早就还清了。如今我奉军师之命驻守在此，怎可因私废公？"

"云长……云长……你还记得过五关斩六将的事吗？我对你素来一片真心，哪怕你弃我而去，我也不舍得下一个杀你的命令……"曹操哽咽着说，一边以手背去擦拭眼泪，将一道血痕留在脸上，而后继续说，"君子知恩必报，何况是云长这样的大英雄？你不会杀我的，对不对……"

关羽被曹操这几句话，说得开不了口拒绝，又看到曹操身后惶恐垂泪的残兵败将，更加不忍心了。他默不作声地闪到一旁，任由曹操带人冲了过去。

等曹军众人过得差不多时，关羽才猛然想起自己给诸葛亮立下的军令状，他本能地轻踢赤兔马，低吼一声："站住！"与此同时，青龙偃月刀在空中划出一道光弧。

"饶命，将军饶命！"浑身血污、泥渍的曹军士兵一个接一个地跪倒在地，哭拜不止。

关羽又开始不忍心了，正犹豫间，落在后面的张辽赶了上来。

张辽也不说话，只是默默地看着关羽，却让关羽更加冷不下心肠来："文远，你……"

张辽凄然一笑，说："败军之将，没有什么好说的。云长，你我相识一场，能死在你手里，我没有怨言。"

关羽缓缓地收回青龙偃月刀，将张辽也一并放了过去。

等关羽率兵回到营寨时，就看到其他各路人马都缴获了不少马匹、器械和钱粮，只有他们这一行人空手而归。

偏偏诸葛亮听说关羽回营了，还一脸喜气地端着酒杯上前祝贺："云长想必已经得手了吧？云长为天下除去大害，立下盖世之功，快饮下这杯酒庆祝一下。"

关羽一脸平静地跪倒在地，说："我没能杀掉曹操，请军师依照军令处置我。"

诸葛亮佯装惊愕地问："难道曹操没有走华容道？"

"走了。"

"你和曹操没有碰面？"

"碰面了。"

"那曹操人呢？"

"是我无能，被他走脱了。"

"那云长俘获了多少曹军将士？"

"一个都没有，"关羽咬咬牙继续说，"所以我特来自请死罪。"

诸葛亮佯装出一副捶胸顿足的样子，说："云长，你怎么能放过曹操呢？我说不派你去华容道，你非要去，还要立下军令状，如今可怎么收场啊？"

张飞听见诸葛亮这么说，眼珠子都快要瞪出来，质问道："军师胡说什么？凭什么说我二哥放走了曹操？"

诸葛亮道："你问问云长，是不是他不忍心杀曹操？放走了曹操？"

关羽轻轻点了点头，说："三弟，你快退下。确实是我做错了，请军师军法处置我！"

诸葛亮板起面孔，喝道："刀斧手！把关羽押出去，斩！"

刘备与张飞几乎异口同声地喊道："不可！"

诸葛亮心中叹息："终于来了，我也不是真想杀关羽，不过就是需要你们出来阻拦，给个台阶罢了。"

虽然这么想，但他面色依旧铁青，毫不通融地说："军令如山，怎么能因为关羽是主公的义弟就网开一面呢？那样如何服众？又要我这军师何用？"

张飞见诸葛亮如此铁面无私，害怕他会真的斩杀自家二哥，干脆直接跪倒在地，求情道："求军师开恩，放过我二哥，我张飞愿意当牛作马来报答您的恩情！"

刘备也急忙拉住诸葛亮的衣袖，说："云长义字当头，为人耿直，怎么能是曹操的对手呢？军师就看在他屡立功劳的分上，饶了这回吧！若军师执意要处死云长，那我和翼德也不能活了。"

诸葛亮苦笑着说："罢了！罢了！你们兄弟三人同生共死，天下皆传为美谈，我也不是铁石心肠，这回就暂且记下云长的过失，以后立功赎过吧！"

关羽听了，郑重其事地给诸葛亮行礼叩谢。

趣味链接

军令状：中国古代的生死文书

在本回中，关羽和诸葛亮签署的军令状究竟是什么？通俗来说，就是中国古代的生死文书。

在古代，军中的律令和法条往往都是最严格的，没有之一。违反了军中律法，极大可能会被处以死刑。

这个传统可以追溯到夏商周时期。《尚书》中有明确的记载，将士要是上了战场还"摸鱼"，或者完不成军事任务，都要被处死刑，并且还要连累家人和整个家族。要是有人胆敢当逃兵，或者犯了错误被处死，死后甚至不允许埋入家族墓地。在春秋战国时期，为了保证军队纪律严明，令行禁止，经常用重刑来维持战场以及军队纪律，军法严苛到甚至每一级军官都有处死下级的权力。

三国时期的曹操也十分看重军法，特意制定了《军中令》，对各种违反军规的行为进行了明文规定，例如不救援友军、私藏战利品、宰杀牲畜等行为都犯军法，就连出兵时不擂鼓、不打旗都有罪。

而《三国演义》里也有很多立"军令状"的情节，通常都会以自己的脑袋作担保，表明完成任务的决心。签下了军令状，就等同于签下了生死文书。

诸葛亮趁乱取南郡

——三国史上最划算的一仗

曹操从华容道脱险后,很快便遇到了前来接应的曹仁,一行人到南郡暂歇,这才真的脱离了危险。

赤壁之战,孙刘联军以少胜多,成了赢家,而曹操损失惨重,终于尝到了当年官渡之战时袁绍的锥心之痛。他安排曹仁镇守南郡,夏侯惇把守襄阳,张辽、乐进、李典等人戍守合肥,自己则带着残部回许都去了,只等休整得当后再回来报赤壁之仇。

但周瑜并不肯见好就收,南郡就好比是一块大肥肉悬在他的嘴边,他要是不想吞下去,那简直对不起"都督"这个头衔。

就在周瑜觉得自己对南郡势在必得之时,忽然听说刘备屯兵油江口,这分明就是也盯上南郡了呀!这可把周瑜给气坏了,他亲自到油江口找刘备,把自己对南郡的那点意思直接挑明了。

刘备听后笑着说道:"周都督不用担心,若是你取南郡,我必然助你;若是你不打算取南郡,我也就不客气了。"

周瑜剑眉一挑,冷声道:"我们东吴早就打算吞并汉江,如今南郡唾手可得,为何不取?南郡我要定了。"

诸葛亮羽扇轻摇，插话道："那可说不好，曹操派了曹仁驻守在此，定是有什么奇妙的安排。更何况，曹仁勇不可当，也不好对付，公瑾，你究竟有几分胜算？我家主公可是十分担心呢。"

周瑜被激起了一肚子火，口不择言道："不用你们担心！若是我取不了南郡，到时候就任凭你们去取！"

话一出口，周瑜马上就后悔了，但诸葛亮可不给他反悔的机会，立刻接住话茬，说："公瑾，这可是你说的，到时候你可别后悔哟！我们请子敬做见证如何？"

鲁肃这个老实人被架到火上，顿时面露难色，踌躇着不敢接话。周瑜却被激得满口答应下来："大丈夫一言既出，怎么会反悔！子敬，你就和诸葛先生一起做个见证！"

周瑜一行人离去后，刘备面露担忧地问诸葛亮："军师，我刚才照你交代的说了，只是如此激怒周瑜，若真让他得了南郡可怎么好？"

诸葛亮大笑："哈哈哈！主公不必担心，亮自有妙计，早晚会让南郡成为您的囊中之物！"

在回去的路上，鲁肃禁不住埋怨："公瑾，你这次草率了……"

周瑜傲慢地一笑，说："我不过是跟刘备说些场面话而已。如今我们取南郡易如反掌，刘备他想都不要想。"

周瑜之所以如此自信，是因为他早已得到密报，曹仁军中因为打了败仗，士气低落，有退兵的打算。若是趁他们军心不稳，发动突然袭击，定能给他们致命一击。

为了确保能一击制胜，周瑜派甘宁去攻打与南郡成掎角之势的彝陵，驻守彝陵的曹洪不敌败走。

几天后，周瑜率领东吴军队向南郡城发起了猛攻。等他们到达南郡城外列阵时，就见城中曹军从三个门分兵而出，派兵列阵。

周瑜见状笑逐颜开，令手下将士前去挑战。周瑜麾下的韩当和曹洪交战了三十多个回合，曹洪不敌。曹仁紧接着出战，也被周瑜麾下的周泰打败，剩下的曹军士兵乱作一团，也不回城了，直接夺路而逃。

周瑜见南郡城城门大开，无人防守，果断下令让手下将士们进去抢占。他自己也跟在众人后面入城，可刚刚进入瓮城，周瑜的笑容就僵在了脸上。

因为前面争抢着入城的吴军将士都跌入了陷坑里，后面不明情况的将士还在争先恐后往城内挤。

"糟糕，中计了！"周瑜立刻勒马掉头，可已然来不及了。几乎是一个呼吸间，城墙上忽然冒出来无数弓弩手，箭矢如雨点般落下，东吴将士中箭倒地者不计其数。

就连周瑜，也被一支箭射中左肋，摔倒在地，幸好有徐盛、丁奉舍命相救，这才将周瑜带出了城。

城外假意逃走的曹仁、曹洪也杀了回来，吴军大乱，互相挤攘，导致很多人都掉入陷坑里。

幸好有凌统带人赶来救援，拦住了曹兵，东吴众人这才撤回了营寨。

周瑜回到营寨就吐了好几口鲜血，军医拔出他左肋上的箭头才发现，箭头上原来有毒。军医给他上药包扎后，反复叮嘱他要安心静养，不可动怒。

周瑜的箭伤疼痛难忍，但对他来说，和心痛比起来，这点箭伤根本不算什么。

"刘备和诸葛亮，估计会笑我无能了……"周瑜忍不住胡思乱想，"那天诸葛亮的笑容阴险狡诈，他是不是早就留了后手？"

程普等人也听到了军医的叮嘱，直接下令各寨坚守不出，等待周瑜养好伤再说。

但曹军众人可不愿意等。从周瑜中箭的第二天起，曹仁天天派牛金到东吴营寨前叫阵，指名道姓痛骂周瑜是懦夫、胆小鬼。东吴的将领都担心周瑜生气，箭疮复发，因而不敢让他知道。

可周瑜到底还是知道了，派人将程普请到帐中询问："曹兵常来寨前辱骂，你既然掌管兵权，为何坐视不理？为何也不来禀告于我？"

程普说："都督，你现在箭疮未愈，不能动怒，所以我才不敢向你禀报。南郡一战我们损失惨重，大家商议后觉得不如先撤军返回东吴，等你把伤养好了再说……"

"住口，怎么能因为我这点小伤就耽误东吴大事呢？男子汉大丈夫，既然食君之禄，马革裹尸也是一种荣耀，岂能贪生怕死？"周瑜说完就翻身下榻，披坚执锐，大步走出军帐。

众人见他强撑着要出战，没有不惊惧担忧的，见周瑜一个翻身上马，也急忙跟着周瑜挥鞭来到阵前。

周瑜的动作虽然行云流水，说不出的潇洒飘逸，但脸色却苍白得吓人。

曹仁今天亲自到阵前督促手下骂阵，一看见周瑜强撑着病体、一脸惨白地出现在阵前，不由得笑出声来，大喊道："周都督，你还没死呀？怎么又到阵前丢人现眼来了？我回去以后一定要好好责打弓箭手，怎么准头这么差呢？"

周瑜被他这话气得脸色愈发不好看了，大声说："曹仁匹夫，休要逞口舌之快！有胆量出来一战啊！"

曹仁却并不应战，反而吩咐手下将士："都说周瑜心眼小，你们尽管放声骂阵，我倒想看看，能不能气死周瑜这个短命鬼。"

众人闻言，更加卖力地叫骂起来。

周瑜见状，更加生气了，"哇"的一声口吐鲜血，而后两眼一翻，从马上翻落，看样子是被气得昏厥了。

曹仁大喜，连忙指挥曹军出击，想要捉拿周瑜。

程普等人赶紧一拥而上，救起周瑜回营帐。周瑜这时才悠悠睁开眼睛，程普见状，急忙上前询问："都督感觉身体如何？"

周瑜将帐中众人都屏退，只留下程普一人，而后低声叮嘱道："德谋别急，这都是我的计策，你今晚就放出消息，说我被气死了，务必让曹军知道。"

"都督，你这是打算……"

"演一出戏，骗曹仁上钩。你必须仔细安排，演得真一些，可以让我的亲兵全部穿白，营帐内外挂上白灯笼……"周瑜重重地喘一口气，接着说，"还可以安排人连夜到树林边伐树做棺材……只要这些举动传到曹仁耳朵里，他必定会认为我不治而亡。你到时候再派几个心腹去曹仁军中假装投降，把我已死的消息带过去，不怕曹仁不上当。他肯定不会放过这么好的机会，一定会带人来劫营，只要他来，咱们就可以瓮中捉鳖，一举擒获曹仁！"

程普闻言，欣喜地说："都督的这个计策妙啊！"

当天夜里，周瑜的大帐里突然爆发出男性粗犷的哀号，惊醒了熟睡的众人。很快，

出来查看的士兵就发现，周瑜的大帐挂起了白幡、白灯，亲兵也都换上了白衣、白甲。东吴营寨中顿时乱作一团。

而混乱中，程普安排的一小队散兵已经跑到了南郡城下"投降"，并将"周瑜死了"的消息带给了曹仁。

这群来"投降"的士兵中，有两人原本就是曹兵，曹仁闻言深信不疑，仰天大笑，说："哈哈，果然把周瑜气死了，太好了！我曹仁立大功的机会来了！快，快去准备，咱们今晚就去劫营，趁乱杀他们个片甲不留！"

很快，曹仁便整顿好主力兵马，去偷袭东吴的营寨。

可曹仁不知道的是，他们刚融入浓重的夜色，就有一队人马来到南郡城下。因为城中守卫空虚，他们不费吹灰之力就拿下了南郡城。夜幕下的南郡城城头很快变换了旗帜，由斗大的"曹"字旗换成了"刘"字旗。

与此同时，一个身披鹤氅、手摇羽扇的清俊身影站在油江口的营寨前，双目炯炯地遥望着南郡城的方向。

"主公，南郡这不就成我们的囊中之物了吗？"

"先生妙计！"

"鹬蚌相争，渔翁得利。如此不费一兵一卒拿下南郡，有什么不好呢？"

"哈哈哈！"

"主公，我心中有个好奇，还请您解惑。当年我劝您夺取荆州，您不肯听从，如今又怎么愿意夺取南郡了呢？"

"当初荆州在刘表手里，他与我是同宗，我怎么忍心取荆州？如今时移世易，南郡在曹操手里，如果我不取，必然就落入东吴孙权之手。那样的话，我可就是汉室的罪人了！"

"主公乃是大仁大义之人，亮钦佩之至！"

二人的对话发生在夜色中，惊动了夜行的兽与草窠里的虫，唯独没有惊动曹仁，他此时此刻正满心欢喜地走在送死的路上。

他进入周瑜大营后，却发现四下一个士兵也没有，只有虚插在地面上的几杆旗枪，曹仁心道："不好！中计了。"急忙下令撤兵。

可周瑜早就做好了万全准备，只等他一来便"关门打狗"，哪里会放他离去。

"曹将军，别着急走呀！"随着一声大喝，周瑜带着东吴众人出现在营寨四周，呈包围之势。

曹仁见到周瑜气定神闲的样子，哪里还能不明白，当即开口骂道："周瑜匹夫，你卑鄙无耻，居然使诈！"

"兵不厌诈，你有什么可指摘我的？我今天特意来送你一程，你有话就到阎王面前说去吧！"周瑜说完冷笑几声，做出围攻的手势。

东吴士兵从四面围攻上来，曹军队伍直接被冲散，抵挡不住，曹仁在心腹将士的保护下仓皇逃走。曹仁本想回南郡，可路上又遇到了拦截的凌统和甘宁，只好转道去襄阳找夏侯惇了。

剩下的曹军死的死，降的降，东吴这一仗赢得实在漂亮！

"趁热打铁，咱们这就去取南郡！"周瑜兴冲冲地率领将士来到南郡城下，一抬头就看到城头翻卷飘扬的"刘"字大旗和一个面貌俊美的白甲将军。

"啊？"周瑜失声大叫，"你……你是谁？你们怎么……"

"我乃常山赵子龙！"白甲将军朗声道，而后他冲周瑜一拱手，继续说，"不好意思啊，周都督，我们先来了一步！"

"给我攻城！"周瑜闻言胸口一阵剧痛，气血不住地向上翻涌，仿佛随时要呕出血来。

他攻城的命令一下，城头立刻如倒豆子一般砸下来许多碎石和木棍，羽箭也"嗖嗖嗖"地飞下来，逼得东吴士兵靠近不得。周瑜无奈，只得下令撤军。

回到营寨中的周瑜越想越不是滋味，忽然一个念头闪现在他的脑海里，他大叫出声："不好！诸葛亮诡计多端，他能来偷袭南郡，就肯定也会去夺襄阳和荆州！"

想到这里，他立刻点兵派将，分两路向襄阳和荆州进发。然而，不等东吴将士们出发，侦察兵就已经传回了两处的最新消息——果不其然，这两处已经被诸葛亮派张飞和关羽夺下了。

周瑜再也支撑不住，大喝一声，箭疮崩裂，人立马昏死过去。

过了好半天，周瑜才悠悠转醒，醒来的第一时间就挣扎下榻，去拿自己的佩剑，口中恨恨道："我非杀了诸葛村夫不可。德谋，你快去调兵，助我一臂之力。"

程普见他都这样了，还要折腾，顿时急出了一脑门儿的汗，他急忙拦住周瑜劝解道："都督，你先别急！你的伤要紧！等养好了伤咱们再去也不迟啊！"

周瑜挣扎不过程普，正气恼间，就看见鲁肃走了进来。

"我有一言，还请公瑾耐心听我说完。"鲁肃说着，上前帮着程普一起将周瑜往床榻方向扶，"如今主公正在攻打合肥，对阵曹军，还不适合与刘备撕破脸。若是将刘备逼急了，他去投奔曹操，到时候我们东吴就腹背受敌了。"

"我们损兵折将，费钱费力，倒让他坐享其成，这叫我如何咽得下这口气？"周瑜恨恨地捶榻。

"公瑾，还请以大局为重，暂且忍耐一下。"鲁肃想了想，又说，"不如让我去见刘备，若是能说服刘备归还荆州，那就再好不过了。若是说不通，那时你的伤也养得差不多了，再动兵也不迟。"

周瑜气到双目猩红，却也知道鲁肃说得在理，他沉默了好一会儿，才说："也罢，子敬你就跑一趟吧。只是……诸葛亮阴险狡诈，你万万小心，不要中了他的圈套……"

"公瑾放心，我心中有数。"鲁肃正色道，"当初是我一力促成孙刘联合，如今引狼入室，我倒要去问问他们，为何要背信弃义！"

鲁肃来到荆州城，见到了刘备和诸葛亮。几人分宾主坐下后，鲁肃开口问道："皇叔，孔明……你们为何要背信弃义？当初曹操八十万大军南下，明眼人都知道他们是冲着皇叔来的。幸好我家主公仗义，愿意与你们结盟，将曹兵杀退，解了皇叔的危局，这点你们不能否认吧？按理说，我们东吴男儿出生入死，消耗了大量钱粮和军马，荆州九郡就应该属于东吴。可皇叔却想坐享其成，趁机侵占了荆州之地，这不是趁火打劫吗？天下哪有这么便宜的买卖？"

诸葛亮闻言却笑了，说："子敬，我向来觉得，东吴名士如过江之鲫，唯有你最明白事理。可你刚刚的这番话好没道理！"

鲁肃不由得追问："那你倒是说说，哪里没道理？"

诸葛亮接着说："常言道：'物归原主。'荆州原本就是刘景升的地盘，刘景升如今去世了，理应由他的儿子继承家业。这官司就是打到天边去，荆州也轮不到东吴啊。你说是不是这个道理？"

鲁肃急道："可荆州如今并不在刘表儿子手里，而是你们……"

诸葛亮又笑了，说："我家主公是刘景升的弟弟，是刘琦的叔叔，叔叔辅佐侄子管理荆州之地，有什么错吗？"

鲁肃一时语塞，转瞬气急，冲诸葛亮喊道："这……这……要是刘琦眼下在这里，你说我没道理，我也就认了。可刘琦不是在江夏吗？皇叔这算哪门子的辅佐？"

在鲁肃看来，刘备一穷二白，一点基业都没有，眼下得了荆州这块肥肉，断然不会再吐出来还给刘表的儿子。

可偏偏他就是看走了眼，也低估了诸葛亮的本事。这点事儿，诸葛亮要是都算不到，还叫什么卧龙？

刘备适时开口喊了一句："琦儿，出来见过子敬先生。"

随着刘琦的现身，鲁肃的心变得一片冰凉。

趣味链接

诸葛亮为什么一定要劝刘备夺取荆州

在本回中,周瑜带着东吴将士出生入死,他本人还中了一箭,吐了好几回血,这才打跑了曹仁。原本以为南郡是囊中之物,不承想,却被诸葛亮趁乱智取了。不仅如此,诸葛亮还一连占据了荆州、襄阳,将周瑜气到昏厥过去。

大家应该还记得,在刘表去世前后,诸葛亮都曾极力劝说刘备趁机夺下荆州,可刘备不忍心,这才作罢。为什么诸葛亮对荆州情有独钟呢?

首先,刘备一穷二白,必须找个安身立命的地方,借着刘琦的名头占据荆州,是最省时、省力的办法。

其次,荆州是鱼米之乡,物产丰饶,又处于战略要地,交通便利,素来有"天下之腹"的美称。刘备得到了荆州,既方便北上给曹操添堵,又方便顺江而下攻打东吴,具有极强的战略意义。

甘露寺刘备招亲

——刘备的东吴冒险之旅

上回讲到,鲁肃被诸葛亮一通"叔叔辅佐侄儿"的大道理绕糊涂了,一时说不出话来反驳。呆立半晌后,他才说:"既然刘琦公子在,荆州归他也无可厚非;可如果公子不在,又怎么说?"

诸葛亮说:"公子在一日,守一日;若不在,那就再另外商议。"

鲁肃说:"没得商量!若公子不在,皇叔就必须将荆州还给东吴。"

诸葛亮无奈地笑了笑,说:"那就依你所说吧。"

鲁肃见事情谈妥,这才松了一口气,诸葛亮要设宴款待,他也没有拒绝。

谁知,鲁肃回来跟周瑜一说,周瑜气得咳嗽不止,他恨恨地说:"子敬啊子敬,我就说诸葛亮诡计多端……这刘琦青春年少,什么时候才会死?他若不死,荆州什么时候才能归还?你啊,又被诸葛亮的花言巧语给骗了!"

鲁肃轻声解释说:"我见了刘琦一面,他身子羸弱,满面病容,说话间总是咳嗽,走路都要人扶着才行……这显然是生了大病,没多少日子活头了……"

周瑜听了并没有消气,但很快他就得到了孙权的来信,说攻打合肥进展得不顺利,要周瑜快收兵回去相助,周瑜这才让程普将大军带去合肥帮忙,自己则回柴桑先养病。

没过多久，刘琦真的病死了，周瑜马上派鲁肃借着吊丧为由，去找刘备讨要荆州。

这一切早在诸葛亮的预料之中，反正荆州是不可能还的，他又一次用自己的三寸不烂之舌，把鲁肃说得五迷三道，搪塞过去。

他说："我们也不是想赖账不还，只是主公现在还缺少根基，一旦失去荆州，就会变成无家可归之人。想必你也绝不会允许这么悲惨的状况发生，对吧？不如这样，我家主公给你写一张借条，就算是你们将荆州借给我家主公。我主公下一步打算进攻西川，只要得到西川，有了立足之地，立刻归还荆州，绝不食言！"

诸葛亮说得信誓旦旦，刘备也在一边可怜兮兮地抹眼泪，鲁肃稀里糊涂地就答应了。

于是，刘备亲自写下一张借地契约，声明向孙权借荆州。三人分别在契约上签字。

等鲁肃带着借地契约回到东吴，被周瑜连连责骂，他才恍然醒悟：自己是不是又被诸葛亮骗了？

"子敬，为什么一遇到诸葛亮，你的脑子就不够用了？如果他们十年、二十年……甚至一辈子都拿不到西川，那荆州他们就可以一直赖着不还吗？这样的契约有何用？你还敢替他们作保！主公怪罪下来，你要怎么办？"

见周瑜气急败坏，鲁肃又羞又愧，说："刘皇叔是个讲仁义的人，他亲手写的契约，难道还会骗我吗？"

"这天底下也就你还相信刘备和诸葛亮了，"周瑜长叹一声，"必须趁着这二人未成大气候前及早铲除，否则后患无穷。到时候别说是荆州，我担心连东吴的国本也要被他们算计了去！"

几天后，周瑜找来鲁肃，在鲁肃耳边轻轻说了一番话。

原来，周瑜得到密报，刘备的甘夫人最近去世了，他如今中年丧妻，一定还要再娶。而主公孙权有个妹妹孙尚香，为人刚勇，喜欢舞刀弄剑。周瑜就想假借东吴为孙尚香招

婿为由,将刘备骗到东吴,扣为人质。到时候别说荆州了,要什么诸葛亮都得答应。

"公瑾这招美人计妙啊!"鲁肃听了连连称赞。可是,很快他心中又产生了一些担忧,"这……主公能同意吗?"

孙尚香可是主公的亲妹妹,主公能舍得拿她做诱饵吗?吴国太知道了这事儿,会不会连皮带骨吞了他和周瑜?

鲁肃一想到吴国太生气的脸,脚底板就生出了两股凉气。吴国太可不好惹,怎么才能让她同意呢?

周瑜也想到了这一点,眼睛怔怔地望着虚空,心想:"我这么利用主公的妹妹,将来怕是要被人戳脊梁骨骂了吧。"

随即,他仿佛是下定决心一般,轻声说:"就算是被人戳我脊梁骨,我也认了。只要能保住东吴的江山,主公和国太的一切怒火我都担着。"

说罢,他提笔给孙权写了一封密信,详细说明了自己的初衷与计划,恳请孙权同意,并帮忙说服吴国太和孙尚香配合。孙权原本也不想同意,但看到信中"定能夺回荆州"这几个字时,他也忍不住心动了。

"一切听周瑜的。"孙权一脸平静地说,"让他想办法务必保证尚香的安全。"

当刘备见到东吴来的使臣吕范,听他说周瑜要给自己做媒,刘备心头一惊,忍不住嘀咕:"这周瑜又在玩什么花样?"

他装出一副悲戚孤苦的模样,说:"中年丧妻,备心中实在恓惶,哪有心思再娶呢?"

吕范说:"刘皇叔千万要想开些,人死不能复生。您还有幼子需要教养,怎么能不续娶呢?"

刘备闻言指了指自己鬓边的白发,自嘲地说:"备已经年近半百,孙小姐青春年少,嫁给我岂不是委屈了!"

吕范笑着摇摇头，说："非也，非也！刘皇叔自谦了！我家主公的妹妹虽然是闺阁女子，却喜欢舞刀弄棒，最仰慕英雄人物，早就说了非当世豪杰不嫁。以小人之见，她与刘皇叔可是非常般配呢！况且，若孙刘两家能结为秦晋之好，曹贼就不敢肆无忌惮了。这事对双方都有好处，还请皇叔不要再推辞了。"

刘备百般推辞不掉，只得借如厕的机会离开厅堂，到内室与诸葛亮商量。

诸葛亮笑着说："这自然是周瑜为了夺荆州设下的美人计！不过主公不必担心，亮有一妙计，既让您娶上孙小姐，又能保住荆州！"

刘备还是犹豫不决，诸葛亮干脆提议先派孙乾跟着吕范去见孙权，看看孙权怎么说。

孙乾回来后说："孙权确实有意与主公结亲，但孙权说，吴国太心疼女儿，要主公亲自上门去娶亲。"

刘备一听就变了脸色，说："这不是要我去送死吗？万万不行！"

诸葛亮却出言安慰说："主公得去。您放心，让子龙陪您一同前去。我务必安排好一切，包您万无一失。"

说罢，他喊来赵云，写下三条妙计装入锦囊中，交给赵云，说："子龙，你胆大心细，陪主公去江东最合适。此行若遇到为难的事，就可以打开锦囊看一看。等三个锦囊用完时，主公就能平安归来了。"

赵云答应了下来，并保证说："先生放心，我一定护送主公平安归来。"

"你也要平安归来。"诸葛亮加了一句，让赵云眼圈一红。

第二天，赵云按照诸葛亮的吩咐，点齐五百名军士，陪刘备一起乘船去东吴。诸葛亮到渡口为他们送行。

临行前，刘备忐忑不安地对诸葛亮说："军师，我这一去凶多吉少……"

诸葛亮笑着说："主公放心，周瑜那点心眼，还算不过我。您定能平安归来。"

尽管诸葛亮一副成竹在胸的模样，可刘备一路上依旧心事重重。

来到东吴的南徐城，刘备也一言不发。赵云没了主张，便悄悄打开一个锦囊，看完以后唇角不禁露出微笑。

赵云马上按照诸葛亮的吩咐，把士兵分成几队，留下一队在馆驿保护刘备，剩下的人全都披红挂彩、大张旗鼓地跑到大街上去采买办喜事用的一应物品。逢人便说是刘皇叔要娶孙小姐，将这事儿闹得江东人尽皆知。

第二天，刘备按照诸葛亮的计划，带着丰厚的礼物去拜见乔国老。乔国老就是二乔的父亲，孙策和周瑜的岳父，一位在东吴举足轻重的人物。

乔国老早就听说过刘备的美名，知道他是一个仁义的君子，与刘备一见如故，越聊越投机，听说刘备要娶孙权的妹妹，更是激动得满眼放光，说："好啊，良配，良配！"

刘备一走，乔国老就到吴国太那里连声向她道喜。

吴国太一脸茫然，问："国老啊，你在说什么？"

乔国老说："令爱不是许配给刘皇叔了吗？现在女婿马上就要上门了，您老人家就别跟我打马虎眼了！"

吴国太大惊失色，说："这事我怎么不知道？"

她连忙命人将孙权喊来问话，又派人去城中打听情况，没想到这事儿全城的人都知道了，只有她还蒙在鼓里。

孙权来时，吴国太的眼珠子都气红了，眼泪大颗大颗地掉，边哭边骂："常言说：'父母之命，媒妁之言。'你招刘玄德做尚香的女婿，为何要瞒着我？你眼里还有我这个母亲吗？我姐姐去世前吩咐你视我如母，为你的妹妹择佳婿以嫁之，这些话你全忘了吗？"

孙权一贯敬重母亲，见状连忙解释说："母亲息怒！这都是周瑜夺回荆州的计策，只是假意结亲将他骗来囚禁起来；若他不同意归还，就将他杀了。并不是真的要将妹妹嫁给他。"

吴国太听完更气了，骂道："狠心的东西！居然拿你妹妹当诱饵！"

吴国太骂完，怒气未消，又迁怒于乔国老，继续骂道："好呀，乔国老，你的好女婿，居然算计到我头上来了！他没本事打刘备，就要拿我的女儿使美人计？如今东吴人人都知道我女儿要嫁刘备，不嫁要怎么收场？万一他将来再杀了刘备，又要我女儿怎么活？你喊周瑜来，我老太婆倒是要问问他，怎么想得出如此歹毒的计策？"

乔国老赶忙上前安慰说："国太息怒，事已至此，干脆就真的将令爱嫁给刘备吧。刘皇叔是当世豪杰，若招得这个女婿，也不算辱没了令爱！"

孙权刚要开口阻拦，吴国太一个眼刀飞了过去，说："你派人去通知刘备，明天到甘露寺见我。若我相不中这个女婿，任凭你们行事；若我相中了，我就把女儿嫁给他！"

孙权是个孝子，见母亲拿定了主意，只得应承下来。

回去后，孙权一想到这么好的计划泡汤了，就叹息不止。吕范提议说："主公不如在甘露寺悄悄设下埋伏，如果国太不满意，立即就能捉拿刘备。"孙权采纳了。

第二天，刘备强压着心头的忐忑赶往甘露寺见吴国太，一路上他好几次问赵云："子龙，此去有把握吗？"

赵云其实心里也没底，但他想到军师的嘱托，强装镇定说："主公放心，军师料事如神，他说您此行顺利，就一定会没事的。"

甘露寺建于东吴北固山上，山峦秀美，草木葱茏，吴国太经常在这里吃斋念佛、修身养性。

刘备到达甘露寺后，先去见了孙权，二人叙礼完毕后，孙权领着刘备去见吴国太。

刘备跟着孙权来到堂前，一眼就看见了中间面容端庄、雍容华贵的吴国太。他连忙拱手向吴国太行礼。

吴国太听到脚步声渐渐靠近，也正上下打量着刘备——

只见此人龙凤之姿、天日之表，正是传说中大富大贵的相貌。吴国太非常满意。

乔国老见吴国太眼中流露出欣喜之色，马上帮腔："刘皇叔仁义之名天下皆知，老臣要恭喜国太得了一位佳婿啊！"

吴国太心情大好，连忙命人摆酒设宴招待刘备。

席间，在外面守卫的赵云走了进来，站到刘备身后悄悄说："刚才我在廊下巡视，发现厢房中埋伏了不少刀斧手，恐怕是有人想对主公不利。主公不如将此事告知吴国太，看看有无破解之法。"

刘备闻言，跪倒在吴国太面前，眼中含泪说："我诚心来求娶令爱，也不知道哪里惹了国太不快？国太若是想杀我，可以动手了！"

吴国太大吃一惊，问："刘皇叔，你在说什么？"

刘备说："廊下埋伏的刀斧手，难道不是要来杀我的吗？"

吴国太拍案而起，怒斥孙权："我今日已经认下玄德这个女婿，你想对他做什么？"

孙权害怕吴国太气出好歹来，连连请罪："母亲，是儿子一时糊涂，儿子错了！"

吴国太恨得咬牙切齿，又不好真的怪罪孙权，便要斩了刀斧手的首领来泄愤。孙权和乔国老都出来求情，刘备也跟着劝道："国太的一番护佑之心，备很感动，但若是在佛门大开杀戒，备心下惶恐！"吴国太这才作罢。

酒宴罢了，孙权邀请刘备一起同游，明里暗里都是威胁。

刘备回到馆驿后，心下惴惴不安，谋士孙乾提议说："主公不如去请乔国老帮忙，若是能早日完婚，也可避免横生枝节。"

刘备见过乔国老的当天，乔国老就去见了吴国太，说："刘备担心被人谋害，急着要回荆州呢。不如让他和令爱早日完婚，也可安他的心。"

吴国太大怒，说："你请他今天就搬到我的府上来住，我倒要看看谁还敢上门来害他？"

刘备得知吴国太的安排，感激涕零，当天就搬进了吴国太的府邸暂住。几天后，刘备与吴国太的掌上明珠孙尚香成了亲。

孙尚香自从知道自己的婚讯后，对刘备就充满了好奇。她虽然是闺阁女子，但性格豪爽，爱舞刀弄枪，还总爱打听一些英雄的事迹。关于刘备的故事，她也打听到不少。

"不知道这个刘备是真英雄还是假英雄？待我试一试他！"孙尚香这样想着，就在自己的房间里摆放了许多刀枪兵器，又让侍女们一律披坚执锐、表情严肃。

刘备喝到微醺被扶进来时，一看这场面，顿时酒醒了一多半，颤巍巍地问："这是何意？"

侍女说："我家小姐自幼喜爱舞刀弄枪，时常和侍女们击剑取乐，所以房中如此摆设。"

刘备说："我看了心惊肉跳，暂时撤掉吧……"

孙尚香听到刘备的声音都变了，"扑哧"一下就乐了，问："刘皇叔，你不是身经百战的大英雄吗？怎么还怕刀枪呀？"

刘备一个劲地赔礼，说："想不到夫人如此豪爽，备真是相形见绌啊！"

孙尚香眼中含笑望向刘备，端详了一会儿说："你虽然老了些，但相貌不凡，勉强能入我的法眼。我既嫁了你，就与你夫妻同心，不会和别人一起害你的。"

刘备深深感动，心想："没想到孙权的妹妹如此通情达理，此次来江东，真是有意外之喜啊！"

趣味链接：说说本回女主孙尚香

孙权妹妹的名可能不叫"尚香"，真名并无人知晓。

在《三国演义》中，与刘备成亲后，提及她时称"孙夫人"，在成亲之前，提及她时称"孙权之妹"，东吴众人称她为"郡主"。

另外，在《三国演义》中，孙权和孙尚香也不是一母同胞的兄妹。孙权的母亲吴太夫人和孙尚香的母亲吴国太是姐妹，一同嫁给了孙坚。吴太夫人生下长子孙策、次子孙权、三子孙翊、四子孙匡；吴国太生下一子孙朗和一女孙仁。但裴松之在给《三国志》作注时曾提到，"孙仁"乃是孙朗的别名，所以孙权这个妹妹的名还是不详。

不仅是《三国演义》，三国时期的正史及野史中均未提及她的名字，我们最为熟悉的孙尚香这个名字，出自戏剧《甘露寺》，因为流传度比较广，所以大家提及孙权之妹、刘备之妻时，都默认她叫孙尚香。本书中为了方便称呼，也称她孙尚香。

诸葛亮二气周瑜

——孙尚香，惹不起

刘备这半生戎马倥偬，从来没有体会过什么叫作享福。如今身陷温柔乡，又是新婚宴尔，每天和新夫人孙尚香游山玩水、饮酒作乐，真是醉生梦死，浑然不觉日月更替。

周瑜听了暗自窃喜，心想："英雄难过美人关，刘备啊刘备，你也是个俗人嘛！"

而后，周瑜建议孙权再给刘备建造高屋华庭，送上歌伎舞女，每日准备美酒佳肴，让奢侈享乐的生活慢慢腐蚀刘备的心智。

刘备果然忘记了自己来江东的目的，更不记得诸葛亮临行前说的话了。

一晃就到了年根儿。赵云看在眼里，急在心里，每天晚上愁得睡不着觉，几次想暗中提醒刘备，都触了霉头，还惹得刘备很不高兴，问他："我年近半百，好不容易过上几天清闲日子，你为何总要来扫兴？如今荆州也无大事，不着急回去。"

几次三番之后，赵云觉察出大事不妙，心头暗想："军师曾经说，遇到难事看锦囊。如今主公被孙尚香绊住了脚，根本不想脱身，这算是到了危急关头吗？应该算吧，主公再这样下去，恐怕就不想回荆州了！"

他马上打开第二个锦囊，看完后便会心一笑，说："还是军师厉害啊！"

赵云当即直奔刘备住处，一边往里闯，一边大叫道："主公，大事不好了！"

刘备闻言吓了一跳，问："子龙，出什么事了？"

赵云装作一副心急如焚的模样，说："今天一早，军师派人送信，说曹操率领五十万大军进犯荆州，眼看就要兵临城下了！请主公速回！"

"他是为报赤壁之仇而来？"

"是啊！主公，军师等着您回去拿主意呢！"

"我要和夫人商量一下。"刘备说。

"不可啊，主公，夫人要是知道了，必定不肯放您回去的。"

"你先回去吧，我已经有了主意。"刘备说完，站起身回后堂。他也不着急找孙尚香说这事，而是坐到窗前默默流泪。

孙尚香刚才就躲在一旁，已经听到了赵云和刘备的话，见刘备这个样子就知道他是在荆州和自己之间左右为难，于是主动开口说："夫君，我和你一起回荆州。"

刘备喜出望外，一把握住孙尚香的手，说："夫人愿意为了我背井离乡？"

"嗯！"孙尚香眼中流露出坚毅的光芒，"我既然已经嫁给你，自然是你在哪里，我就在哪里，这还有什么可犹豫的呢？"

"只怕吴侯和国太她老人家舍不得你……"刘备犹豫着说，"要不夫人还是让我一个人回去吧。你放心，荆州事情一结束，我就回来找你。"

孙尚香笑着说："你别担心，我会去求母亲同意的。"

"若是说回荆州，就算国太能同意，吴侯必定也会暗中阻拦。"刘备担忧地说，其实他心里更担心被孙权知道后，会将他挟制软禁起来。

"那就不让哥哥知道，也不说是回荆州。明日是正月初一，哥哥要宴请文武百官，抽不开身。我去求母亲，就说去江边遥祭刘家宗祖，母亲必定会同意。"孙尚香想了一会儿后说。

两人商定后，刘备暗中找来赵云，吩咐他在明天先带着五百军士出城等候。

正月初一这天，孙尚香与刘备一同去给吴国太拜年，顺便禀明他们夫妻俩想去江边祭祖的事。孙尚香又是撒娇又是哀求，吴国太念在刘备一片孝心的分上，同意了此事。

二人便坐上马车出了城，与赵云一行人会合。天上乌云密布，阴沉得让人透不过气来。刘备骑马在前，孙尚香坐车，赵云断后，一队人马行色匆匆，迅速离开。

孙权宴请群臣的时候多喝了几杯，很快便酩酊大醉，一直睡到第二天五更才醒。忽然听到刘备出城的消息，孙权气得脑子顿时就清醒了，一面派出心腹陈武、潘璋去追人，一面派人去请周瑜。

周瑜昨日宴饮喝醉后就歇宿在孙权府上，没多大工夫就来了。孙权一见周瑜便痛骂刘备："这个天杀的大耳贼，不光自己跑了，还拐走了我妹妹！真是胆大妄为！公瑾，你一定要想办法将他们给我追回来！"

周瑜揉了揉因宿醉而有些发沉的太阳穴，不慌不忙地说："主公，你不用担心，我早就料到了刘备有逃跑之意，已经派人把守在东吴去荆州的必经之路上。这会儿，徐盛和丁奉想必已经和他们相遇了。"

孙权一拍大腿，说："哈哈！公瑾，还是你深谋远虑。你怎么不早说？害我白白生一场气！"

周瑜说得不假，徐盛和丁奉确实在半路上拦住了刘备，对他说："刘皇叔，我们奉周都督的命令，在此等候多时了！跟我们回去吧！"

刘备吓得一激灵，不知道怎么办才好。

前有堵截，后有追兵，赵云想起临行前军师叮嘱的话，急忙拆开最后一个锦囊来看，只见锦囊中的纸条上写着七个字：生死关头求夫人。

赵云赶忙打马来到刘备身边，将锦囊递给刘备看，又悄悄耳语了几句。而后赵云再次打马上前几步，对着徐盛和丁奉拱拱手，笑着说："两位将军辛苦了！如今我们是一家人，有什么话都好说！两位暂请歇马，我家主公有几句话要和夫人说。你们想必也了解夫人的脾气，万一惹怒了她……"

赵云话说得客气，徐盛和丁奉也不敢催，再说了，郡主确实惹不起，那可不是省油的灯，那是吴国太的亲生女儿，各方面都像吴国太，特别是那说一不二的脾气。

刘备则掉转马头来到孙尚香的车前，哭着说："夫人，夫人救我！你若不救我，我刘备今日就死定了……"

孙尚香闻言，连忙问："出什么事了？夫君慢慢说。"

于是，刘备就将周瑜以孙尚香为诱饵设下美人计，骗自己过江东的来龙去脉都详细说了一遍。

孙尚香越听越气恼，一张俏脸变得血色全无，她咬着牙问刘备："周瑜和哥哥真的用我做诱饵？真的要杀你？"

"夫人，此事千真万确，我不敢蒙骗你。我不惧万死前来，就是知道夫人有不输男儿的胸襟，必定会可怜我。当初国太在甘露寺相看我时，吴侯就在廊下埋伏了刀斧手想要杀我……昨日我是听说吴侯又想害我，这才假托荆州有事，想要离开，幸得夫人不弃，愿意跟我一起回去。如今前面有周瑜派来拦截的人，后面有吴侯的追兵，只有夫人能救我了。"

孙尚香生气地说："哥哥既然不当我是妹妹，我也不想再见他了！今天的事，我来解决！"说着，她就吩咐人将车子赶到队伍前面去，柳眉倒竖，厉声呵斥徐盛和丁奉道："为何拦住我的去路，你们二人是想造反吗？"

孙尚香这话十分诛心，徐盛、丁奉二将慌忙丢了手中的兵器，下马行礼，唯唯诺诺道："末将不敢！是……末将是奉了周都督的命令，在此等候刘备。"

"好个没尊卑的周瑜！玄德是我丈夫，我分明已经禀报过母亲和哥哥，要随玄德回荆州去。他居然敢私自派你们来阻拦，这怕不是要公报私仇？我东吴不曾亏待过他，他这不是造反是什么？你们还不让开，是想抢劫我们夫妻的财物吗？"

徐盛和丁奉连声说不敢，但也不愿意让开道路，只说是奉了都督的军令，不敢不从。

孙尚香怒不可遏，拔出腰间的宝剑，指向徐盛、丁奉二人，说："你们只怕周瑜，就不怕我吗？周瑜能杀你们，我就不敢杀你们吗？"

徐盛和丁奉情不自禁地一缩脖子，知道东吴的这个郡主被国太和主公宠得无法无天，她真的敢。二人齐刷刷地退到路边，放孙尚香和刘备一行人过去。

可不一会儿，就看见陈武、潘璋带人过来了，徐盛、丁奉将刚才发生的事情说了，陈武说："哎呀！你们上当了，我们就是吴侯派来捉拿刘备的。"四将赶紧兵合一处，继续追刘备。

孙尚香听到后面的动静，果断让刘备先走，自己和赵云留下来断后，她说："你放心，我是东吴的郡主，他们不敢拿我怎么样。"

四将追上来时，只看见怒气冲冲的孙尚香，并未发现刘备的身影，心中不免有些焦急，说："我等奉吴侯的命令捉拿刘备，还请郡主告知刘备的下落。"

孙尚香把脸一沉，骂道："都是你们这些人，天天在我哥哥耳朵边搬弄是非，离间我们兄妹的感情。我是嫁给了刘皇叔，又不是私奔，哥哥有何理由要拦我？知道的是我哥哥请我们夫妇回去，不知道的还当你们抓贼呢！把我们夫妇当成什么人了？"

这几个东吴大将被骂得不敢抬头，也不敢搭腔，只听孙尚香又冷笑一声，说："我临行前已经禀告过母亲，母亲同意了我跟丈夫回荆州。就算兄长亲自来了，也得遵母亲的命令行事。你们如此兵戈相向，怎么？是要杀了我不成？"

徐盛等人被骂得傻了眼，心里寻思道："俗话说'打断骨头连着筋'，主公和郡主毕竟是亲兄妹，纵有一时的不快，可骨肉亲情怎么可能说断就断呢？更何况有国太给郡主做主，吴侯一贯孝顺，确实不敢违背。再者，赵云就虎视眈眈守在一旁，万一动起手来伤到郡主，日后国太怪罪起来，真是百口莫辩啊！"

想到这一层，四人默默地退到一旁，任由赵云护送着孙尚香离开。

还不等徐盛几人商量好接下来怎么办，就看见蒋钦和周泰带人快马飞奔过来。四人将之前发生的事说了，蒋钦举着手中孙权的佩剑说："主公就怕郡主会全力保刘备，所以派我们带着他的佩剑前来，就算是郡主阻挠，也定斩不饶。绝不能让刘备活着离开江东！"

四人说："可刘备已经过去好半天了，这还怎么追得上啊？"

蒋钦想了一下，说："徐将军、丁将军，你们火速回去禀报都督，让他调快船从水路去追，我四人继续沿江去追。"说完，六将便分头行动。

可路上的四人一直追到刘郎浦渡口，才在江面大船上看到刘备一行人的身影。

原来，诸葛亮早已料到了刘备的行程，亲自带着二十艘大船来渡口迎接刘备。船队驶离江岸后，蒋钦一行人才赶到江边。诸葛亮笑着对他们说："回去告诉你们周都督，他那点小聪明，就不要再想耍美人计啦！"

蒋钦等人气不过，但也只能眼睁睁看着船队越行越远。

刘备与诸葛亮进船舱坐下叙旧。诸葛亮轻摇羽扇微笑着说："主公，此去江东大半年，一向可好啊？"

刘备刚要寒暄，猛地想到自己在东吴时天天沉醉温柔乡，把平生志向都抛于脑后了，不由得脸上一红，说："军师，休要取笑我了……"

"哈哈哈！主公不必多虑，人之常情嘛！"

刘备尴尬一笑，眼神瞥向江面。忽然，他好像看到了江面上出现了战船无数，为首的船上挂着斗大的"周"字旗。刘备震惊地说："周瑜竟然追来了？"

诸葛亮也回头看过去，笑着说："周公瑾这个人样样都好，就是心胸忒狭隘了些！"

周瑜最拿手的就是水战，当下就命令水手使劲划橹，务必追上刘备："刘备不死，就是放虎归山！刘备今天必须死，诸葛亮也必须死！"

江上浪花翻卷，眼看着吴军越追越近，诸葛亮从船舱中走出来，笑着说："周都督，感谢你成全一段佳话！我主公得配良缘，你是大媒人呢！"

说罢，也不管气得直跳脚的周瑜，下令弃船上岸，找到之前留在附近的马匹继续赶路。

周瑜见状，也下令上岸追赶。可东吴一行人只有几位将领带了马，剩下的水兵只能步行，渐渐落在了后面。

一直追到黄州地界，周瑜才终于看到前方刘备车马的影子，他兴奋地喊："刘备就在前面，快给我追！"

说话间，就听见一声鼓响，山坳里杀出了关羽一行人。周瑜大惊失色，夺路而逃。正奔走间，又遇到了新近投降刘备的老将黄忠，他和魏延各自带领一队人马从左右杀出。周瑜被三路人马追得狼狈逃窜，幸好有黄盖和韩当前来接应，才将周瑜救回了战船上。

周瑜还想整军再战，就听见岸上军士齐声大喊："周郎妙计安天下，赔了夫人又折兵！"

这些话一字不落地钻进了周瑜的耳朵，臊得他满脸涨红，心想："我的计策没有成功，我哪还有面目再见主公啊？"想到这里，他大喝一声，只觉得胸口一紧，之前的箭疮迸裂，而后一口鲜血喷出，整个人直直地摔倒在船板上，昏死过去。

黄盖和韩当急忙来扶周瑜，又是摇晃，又是呼唤。

周瑜苏醒后，耳边回荡的还是那几句话，气得他又吐了几口血。他气若游丝地说："扶我起来，我要登岸与他们决一死战！"

黄盖和韩当见他这副样子，哪还敢任由他再听下去，连忙下令开船返回。

在山头围观的诸葛亮，见状也让众人不必追赶，下令收兵回荆州庆贺。

大杀器——尚方宝剑

大家可能在一些古装剧中听到过尚方宝剑的名字，手持尚方宝剑的人，如皇帝亲临，有先斩后奏的权力，这简直就是官场的大杀器啊。

那究竟什么是尚方宝剑呢？历史上真的存在这种厉害的剑吗？

尚方，在中国古代是一个官方机构的名字，隶属于九卿之一的少府，主要负责给皇帝制造兵器及宫内器用。尚方宝剑，就是由尚方制造的剑。因为是御用的东西，所以做工精致、考究，剑刃锋利无比，据说可以一剑砍死一匹马，因而得名尚方斩马剑。

西汉成帝时期，丞相张禹凭着汉成帝老师的身份位至特进，一个叫朱云的小官认为他空占着职位不做事，就去请求汉成帝赐予自己尚方斩马剑，好除掉张禹。虽然汉成帝最终并没有答应用自己的剑去杀自己的老师，但这个典故却流传开来。

在本回中，孙权将自己的佩剑交给蒋钦、周泰带去追杀刘备，如果孙尚香见了佩剑还敢阻挠，蒋钦、周泰就可以先斩后奏。

诸葛亮三气周瑜

—— 既生瑜，何生亮

孙权听到刘备逃脱的消息，异常愤怒，说："不打荆州，誓不为人！"

可随即他又犯了难，周瑜回到柴桑后又吐了好几回血，需要静养，虽然他日日上奏要求兴兵雪恨，可眼下八成是没法率兵出征了，那还有谁能担起都督的大任呢？

他召集手下的文臣武将商议对策。

程普想主动请缨，但张昭打断了他的话，说："曹操日夜都想报赤壁之仇，不过是顾虑着我们与刘备联盟，这才不敢轻举妄动。若是我们此时举兵攻打刘备，曹操一定会趁机来攻打，那东吴就危险了啊！"

顾雍提议说："老臣有一条借刀杀人的妙计——主公可以派人去求见曹操，为刘备请封荆州牧，这样既能拉拢刘备，又可以让曹操知道我们两家关系依旧要好，不敢轻易动东吴。等时机成熟后，再唆使曹操去攻打刘备，这样我们东吴就可以坐收渔翁之利了。"

孙权听了大喜，立刻派华歆北上。

华歆见了曹操，把孙权为刘备请封的来意一讲，曹操顿时明白了孙权的用意，心中暗暗骂道："这碧眼小儿，我不去找他报仇，他竟算计起我来了！"

他转头与程昱相视一笑，当即有了主意。他先把华歆安排在馆驿，才开始消化他从东吴带来的那些鬼话。

程昱说："孙权想让咱们与刘备互相残杀，咱们也可以离间他们。主公只需上表奏请封周瑜为南郡太守、程普为江夏太守，如今南郡和江夏又都在刘备手里，如此还怕周瑜和刘备打不起来吗？"

曹操哈哈大笑，说："我也是这样想的。听说周瑜伤得很重，他若一死，孙权相当于断一臂膀，还有什么可畏惧的呢？简直天助我也！"

果然曹操成功地激起了周瑜的胜负欲。接到朝廷颁布的诏书，周瑜夺回荆州的愿望更强烈了，他又开始熬夜看作战图。

孙权见周瑜急不可待，内心中便生出不好的预感。于是，他叫来鲁肃责问道："你保的荆州，刘备何时归还？"

鲁肃道："契约上说，得了西川就归还荆州。不过就是个时间早晚的问题，咱们或许……可以再等一等。"

孙权猛地抬头，冷笑一声，问："等到什么时候？等我变成老头子吗？他们嘴上嚷嚷着要取西川，你何曾见诸葛亮动过一兵一卒？这种鬼话也就骗骗你这个老实人吧！"

鲁肃面皮发烫，无言以对，只得过江去见刘备。

鲁肃刚到荆州，诸葛亮就得到了消息，他笑着对刘备说："主公，鲁肃肯定是来讨要荆州的。"

刘备其实也预料到了，焦躁地问："那怎么办？"

诸葛亮轻摇羽扇，浑不在意地说："主公只要听到'荆州'二字就放声大哭，剩下的事交给我。"

刘备当即有了主心骨，让人请鲁肃进来。一番寒暄后，鲁肃便将自己的来意说了出来，谁知刘备闻言变色，举起袖子捂住脸号啕大哭起来，那眼泪哗啦啦地往下淌，转瞬间就湿透了衣袖。

鲁肃看得目瞪口呆、不知所措，只讷讷地问："好端端的，刘皇叔怎么又哭了？"

刘备是个好演员，原本还想做做样子，哭着哭着就想到自己坎坷的半生，悲从中来，哭得情真意切，差点将自己哭昏厥过去。

鲁肃扶着刘备坐下，又是抚胸又是拍背，刘备依旧哭个不止。

鲁肃急得环顾四周，呼救道："谁来劝劝刘皇叔？刘皇叔要哭坏身子了！"

诸葛亮这时才从屏风后信步走出来，说："子敬，你可知道我家主公为什么如此伤心吗？"

"为什么？"

"唉，实在是有天大的难处啊！"诸葛亮仰天长叹，"我家主公宅心仁厚，当初立下'取了西川还荆州'的誓约，想必吴侯已经迁怒于你了，主公一想到子敬你夹在中间左右为难，这才难过地痛哭。可西川之主刘璋是我家主公的宗族兄弟，主公如何忍心和他兵戎相见？打西川，会骨肉相残，不打西川，就没有容身之地，主公为此左右为难，肝肠寸断，活活把自己逼到绝路上了！"

诸葛亮的语调沉郁悲戚，刘备听着再次号啕大哭，瞬间就让鲁肃共情了，说："男儿有泪不轻弹，只是未到伤心处。唉，玄德公也是命运多舛啊！"

他踌躇良久，对刘备说："刘皇叔，还没到山穷水尽的地步，咱们从长计议……"

诸葛亮立刻冲着鲁肃连连行礼，说："子敬啊，有你这句话，我主公就有活路了，烦劳你回去向吴侯求求情，再宽容片刻吧！"

鲁肃是个宽仁的人，见诸葛亮眼巴巴地看着自己，刘备又哭得如此哀痛，只得答应下来。老实人鲁肃，就这样再一次被诸葛亮拿捏了。

鲁肃心里也没底，不敢直接去见孙权，所以先去柴桑见周瑜。周瑜听了直跺脚，说："子敬啊子敬，让我说你什么好？诸葛亮把你卖到西凉，你还在帮他数钱呢！那刘备连刘表的荆州都不放过，又怎么会顾忌同宗情谊呢？说什么不忍心攻打西川，简直是鬼话连篇！还说什么心软，他这么推脱，难免就要连累你啊！"

鲁肃脑门上渗出了一层细汗，说："我……我自己去找主公……领……领罪……"

"不！"周瑜摇头，"我有一计可以拿回荆州，还需要你再去荆州一趟。"

周瑜招手让鲁肃靠近，在他耳边轻声说了自己的计划。

周瑜的主意叫"假途灭虢"，典故出自春秋时期，晋国向虞国借道去打虢国，得胜后顺手把虞国也灭了。周瑜让鲁肃去传话，说如今孙刘两家既已结亲，便是一家。东吴愿意替刘备去攻打西川，打下西川后，用西川作嫁资，换回荆州。

"真的要去打西川吗？虽然西川之主刘璋懦弱无能，但东吴此去西川路途遥远，恐怕不容易夺取啊。"鲁肃担心地问。

周瑜笑了,说:"我哪里是真的要为他们打西川啊?不过是想以夺西川为借口借道荆州罢了。咱们劳师动众,向刘备索要些钱粮不过分吧?路过荆州的时候,要刘备出城劳军不过分吧?等他到了我们的大营里劳军,我们就能趁他不备找个机会杀了他,再夺取荆州,还不是手到擒来?"

鲁肃听完,脸色由阴转晴,内心再次被周瑜的智慧深深折服:"想不到他这样年轻,竟然有这样缜密的思维!"

这一计确实有点精妙,但还是被诸葛亮一眼看穿了。

鲁肃来说的时候,诸葛亮示意刘备满口应承下来,好像还未察觉似的。

等鲁肃一走,诸葛亮就笑着对刘备说:"周瑜的死期不远了!这样的计策,连小孩子都瞒不过,还拿来诓骗我?"

"怎么说?"刘备问。

"他想实施假途灭虢之计,假装去攻打西川,目的却是荆州。刚刚鲁肃提出东吴大军路过荆州的时候让主公出城犒劳军队,我猜他们就是想趁这个机会置主公于死地……他还以为可以瞒天过海,不过是自作聪明罢了,真可笑啊!"

刘备问:"军师既然已经看破,那该如何应对呢?"

诸葛亮笑着说:"主公,你等着看一场好戏吧,周瑜只要敢来,我定叫他有来无回。"

说罢,就吩咐赵云等人依计行事。

再说周瑜,他听完鲁肃的汇报后,不相信似的追问了一句:"刘备全都答应了?诸葛亮说什么了?"

鲁肃笑着说:"他们全都答应了,说等我江东子弟路过荆州时,他们亲自出城劳军。"

"哈哈哈!这回也让你诸葛孔明中我一次计!"周瑜的眼中满是笑意,久违的骄傲与得意之色充溢在他的眉间。刹那间,鲁肃脑海中回想起刚认识周瑜时的情景——那时的他面如冠玉、目似朗星，浑身上下散发着翩翩少年之气，仿佛蓬勃之初阳，令人目眩。

鲁肃知道，周瑜的箭疮并没有痊愈，但周瑜的欢喜驱散了鲁肃短暂的忧思，让他也情不自禁地跟着欢喜起来。

很快，周瑜就点齐五万水陆精兵，出发直奔夏口。诸葛亮早早派了糜竺等人在夏口等着接应，一见到周瑜就说："我家主公都安排好了，眼下就在荆州城外等着劳军呢。"

周瑜听了心花怒放，唇边却克制着只浮起一丝淡淡的笑意，对糜竺说："理应如此，我们可都是为了你家主公奔波征战呢！"

糜竺等人连连称是，态度谦虚恭敬，让周瑜更加得意了。

周瑜心道："想不到啊！名满天下的卧龙先生也有看走眼的时候！谁说我周瑜计不如你呢？笑到最后的必定是我周公瑾！"

从夏口到荆州的一路上出奇地顺利，可眼看着快要到荆州城了，却不见一人一船来迎接。周瑜不放心，派出探马去打探情况，回来说荆州城外一个刘备的兵卒都看不见。

这算什么劳军？周瑜的脸色越来越难看，他亲自带领三千先锋军下船上岸，直奔荆州城而去。

到荆州城下时，周瑜傻眼了。

城头空空荡荡，只有两面白旗，别说人影了，连个鬼影都见不着。

说好的劳军美酒在哪儿呢？刘备在哪儿呢？诸葛亮又

在哪儿呢？

周瑜正欲破口大骂，突然就听见城头鼓声响起，抬头一看，白袍将军赵云带着兵马出现在城头上。

赵云神气十足地喊道："周都督，别来无恙啊？军师早已识破了你的'假途灭虢'之计，特意叫我在这里等你。我家主公说了，宁可披发入山，也不会背弃骨肉兄弟之情，你还是请回吧！"

周瑜闻言，心脏剧烈跳动，一腔热血直冲天灵盖。正在这时，一名小卒举着令旗前来报告军情："报！关羽、张飞、黄忠、魏延分别率领兵马从四面杀来，边冲边喊话。"

周瑜咬牙低声问："喊的什么？"

"小人不敢说！"

"快说！"

"活捉周瑜！"

"啊！"周瑜不听这话则罢了，听完这四个字，仿佛脑海中一根弦"啪"的一声断裂，顿时箭疮复裂，血气翻涌，很快"噗"的一声吐出血来，随即摔下马去。

左右连忙上前将周瑜救回船上，让军医诊治了很久，周瑜才苏醒过来。

周瑜的面色惨白得如同一张纸，唇角的血渍还没来得及擦干净，就挣扎着坐起来，问："刘备和诸葛亮在哪里？我要和他们决一死战！"

"他们……他们在前面的山顶饮酒作乐呢。"

听军士这么说，周瑜更生气了，咬牙切齿地说："他们这是在嘲笑我不敢取西川吗？我还非要取下西川来给他们看看。"说罢，就下令大军开拔。

谁知，周瑜的水军刚行至巴丘，就听见士兵来报，说刘封和关平带人拦住了去路，还送上了诸葛亮的一封信。

周瑜怒喝道："把信拿进来，让我看看！"

众人不敢劝他，只得将信呈给他。

周瑜展开信纸，才读了几句，就觉得眼前金星乱蹦。诸葛亮在信中客套寒暄之余全是忧虑之词，说西川地势险要，易守难攻，担心他取不了西川；又提醒他曹操会乘虚而入来报赤壁之仇，到时候他陷在西川鞭长莫及，曹操的铁骑必将踏平江东。

周瑜看完，脑子瞬间清醒，心中提着的那口气也仿佛一下子就散了。他长长地叹了一口气，说："诸葛亮果真什么都看透了！"

他缓缓躺回榻上，闭上眼睛，任由胸中翻江倒海，无数前尘往事如风暴般涌来，不由得再次长叹。良久，周瑜命人把自己扶起来，提笔给孙权写下一封信。

写罢，扔了笔，对围在自己帐中担忧不已的心腹将领说："我周瑜的命数已尽，不能再为主公效力了。望诸公尽心辅佐主公，成就一番王图霸业。我已经向主公举荐鲁肃为下一任都督，他是正人君子，为人忠烈，做事一丝不苟，望诸位看我的面子，尽力辅佐鲁肃治军。"

鲁肃急道："公瑾，不可！我本是一个庸人，怎么可以……"

周瑜凄惨一笑，说："子敬，这回你就听我的吧。"

众将都是跟着周瑜出生入死征战多年的战友，听到周瑜这番临终之言，个个含悲带泪地答应下来。

周瑜交代完后事，又昏死过去。过了很久才清醒过来，使出浑身最后一丝力气，仰天大叫："苍天误我！既生瑜，何生亮！既生瑜，何生亮！既生瑜，何生亮！"

大叫几声后，周瑜气绝身亡，时年仅三十六岁。

趣味链接：古人所说的劳军是什么意思

在本回中，周瑜"假途灭虢"之计的关键一环是要刘备出城劳军，大家可能也经常在古代军事题材的影视剧中听到这个说法，那么，究竟什么是劳军？

通俗来讲，就是用物质奖励去慰劳军队。那么古代人劳军都用什么呢？通常是美食、美酒和赏金。

《史记·乐毅列传》中记载，乐毅率军攻破齐国都城临淄，获得大胜，燕昭王大喜，亲自赶到济水岸边的军营慰劳军队，用酒肉来犒劳军队将士，还将昌国赐给乐毅作封国，封号为昌国君。

除了燕昭王这种在军队大胜后给予奖赏的情况，还有战前或战中的动员劳军，拿出一定的奖励或承诺，激励将士们浴血奋战。

诸葛亮柴桑吊孝

——送走周瑜，拐来庞统

寒风凛冽，阴云四合。荆州的冬天一点都不温柔。

诸葛亮站在夜幕下观星，忽然看见夜空中一颗将星炸裂般发出耀目的白光，而后猝然陨落。

"周瑜死了。"

等到天亮后，诸葛亮将这个消息告知刘备，并说："我要去一趟江东。"

"你去江东做什么？"

"为周瑜吊丧，送他一程。"

刘备惊道："东吴众人现在怕是恨不得生吞活剥了你，你还要自己送上门去，这不是……"

诸葛亮轻摇羽扇，平静地说："周瑜活着的时候，我都敢一个人过江，现在他死了，我还怕东吴的什么人呢？"

刘备再次开口劝道："那也不急于这一时呀。"

诸葛亮笑着说："我昨日夜观天象，发现江东出了一颗将星，我要赶紧去把他抢回来。要是让孙权先知道了他的好，可就舍不得放人了。"

"备得到先生，已经是三生有幸，还需要什么别的将星呢？"

"人人都说：'卧龙、凤雏，得一可安天下。'要是主公全得了呢？"诸葛亮笑着说。

刘备闻言眼睛一亮，连忙站起来向诸葛亮深深行了一礼，说："那就再也不愁大事不成了！多谢军师为我筹谋！"

诸葛亮说的这颗将星正是凤雏庞统。

之前赤壁之战时，诸葛亮就听说过庞统的手段，当时就暗下决心要将他纳入刘备帐下，只是时机不成熟。眼下周瑜一死，江东军营无人执掌，鲁肃必然会被推到前台来。但鲁肃忠厚有余，才干不足，必定会婉拒都督之职，八成还会向孙权举荐庞统……他要是再不出手，就来不及了！

听诸葛亮这么说，张飞连忙粗声粗气地说："军师，你这回去东吴，我保你！"

诸葛亮大笑着说："三将军，不必担心我的安危，秭归还指望着你呢。就让子龙陪我走一趟吧。"

于是，诸葛亮备好祭礼，带着赵云和五百军兵来到柴桑。

周瑜帐下的将士们都认为是诸葛亮气死了周瑜，个个攥紧剑柄，红着眼睛，怒气冲冲地瞪着诸葛亮，看见赵云紧紧守在一旁，这才不敢动手。

鲁肃见势不好，忙低声说："孔明来吊孝是礼节，各位少安毋躁。"

说罢，以礼迎接诸葛亮至周瑜灵前。

入目满眼的白，衬得那口黑棺愈发冷峻肃杀。诸葛亮顿时觉得一股悲怆之感油然而生，忍不住俯身痛哭，一边哭，一边亲自奠酒，诵读祭文：

"公瑾！你天赋异禀、才干超群，如华茂春松，如星耀北斗，不料天妒英才，令你早夭，怎么不令人痛断肝肠？！公瑾啊公瑾，你我赤壁联手，纵横捭阖，杀得曹军丢盔弃甲，何等畅快啊！你一死，我诸葛亮哪里还有知音？你要是在天有灵，满饮我这杯壮行酒吧！"

读完又伏地痛哭，泪如泉涌。

这篇祭文让诸葛亮诵读得哀肠百转，听得江东男儿泪下如雨，鲁肃更是感触颇深，心想："公瑾在世时，几次三番想要谋害诸葛亮，想不到诸葛亮不仅不记恨，反而对公瑾情深义重！唉，终究是公瑾格局小了些。要不然，何至于此呢？"

其他人也议论纷纷："都说周都督与孔明不和，现在看来都是谣言吧？"

就这样，诸葛亮用一篇情深意切的祭文，化解了东吴众人对他的怨念。

诸葛亮此行毫发无伤，不仅祭拜了周瑜，更饮了答客酒，而后才不慌不忙地告辞前往江边。他知道，那个人一定在等他。

果然，诸葛亮刚走到江边，就看见礁石后藏着一个身穿道服的人。

那人早早藏身于江边礁石后，一看见诸葛亮和赵云走近，便扑上前来揪住诸葛亮的袖子，说："好你个诸葛亮！居然还敢来江东？"

赵云大惊，还以为是之前灵堂上对军师不满的人，飞速拔剑就要刺向诸葛亮身边的人，诸葛亮却一脸平静地说："子龙，别慌，是故人。"

"哈哈哈哈！"只听几声怪笑响起，而后是阴阳怪气的声音，"你气死了周瑜，现在又来给他吊孝哭灵，是欺负我们江东没人了吗？"

诸葛亮低笑一声，说："士元，除了你，江东还真没什么人了。"

庞统又怪笑了几声，却被诸葛亮一把扯住衣袖，强行拉上了船。

两人在船舱中聊了半天，庞统也没有答应随诸葛亮一起去荆州，诸葛亮也不强求，留给庞统一封举荐信，让他将来若是不如意，一定要去荆州。

赵云望着庞统摇摇晃晃消失在夜色中的身影，轻声问道："先生，为什么不再劝一劝呢？"

诸葛亮笑着说："不必了，这庞士元太狂了，我料定孙权不会重用他。等他经历一番挫败后，才会心甘情愿来投奔主公。"

说罢，两人也带着军士们一起返回荆州。

东吴这边，一切都在诸葛亮的意料之中。周瑜的丧事过后，鲁肃果然向孙权举荐了庞统。

孙权原本以为与卧龙齐名的凤雏，必然也是个像诸葛亮一样清俊风雅的名士，但一见到庞统略微古怪的相貌，孙权顿时双眉紧皱，心中不喜："这个人容貌丑陋，竟然还敢叫凤雏？真可笑！"

这样想着，他心中对凤雏的期待值就降了下去，表情淡淡地问庞统："先生平生所长是什么呀？"

"没有拘泥，随机应变。"

"先生的才学，与公瑾比，谁高谁低呀？"

庞统早已看出了孙权对自己的轻视，心中不悦，表情孤傲地答道："我与周瑜是不一样的人，不过，周瑜做不到的事，我庞士元能做到。"

孙权听出庞统的语气中颇有些轻视周瑜的意思，当下更不高兴了，说："先生倒是自信得很呢！只怕我东吴庙小，容不下您这尊大神！"

庞统听了也不再言语，转身就走了出去。

鲁肃望着他离去的背影，心急如焚，连忙开口问孙权："主公，你为什么不用庞士元呢？他真的有王佐之才啊！当日赤壁之战就是他献上的连环计，公瑾在世时也常常问计于他……"

"一个狂妄自大的人，能有什么真本事？我看他就是会吹牛罢了！如果不是看在公瑾的面子上，我今天就直接杀了他。"孙权不屑一顾地说。

鲁肃原本有一肚子的话想说，但见孙权意兴阑珊的样子，突然就说不下去了。他只得退出大帐去追庞统，可庞统走得又快又急，鲁肃在他身后一路小跑了好一会儿才追上。

见四下无人，庞统喟然长叹道："子敬，你追我做什么？吴侯不用我，我自然要到别处去。"

"你有匡济天下的才能，自然哪里都能去。我是想问问，你打算去哪里呢？"

"我要去投奔曹操，享不尽的荣华富贵在前头等着我呢！"

鲁肃面色陡变，急道："士元，我知道吴侯伤了你的心，可你万万不能去投奔曹操啊，他根本就不是明主，你去投奔他，那不是明珠暗投吗？依我看，你不如去荆州投奔刘皇叔，他宅心仁厚，是个不可多得的君子。"

庞统一笑，说："子敬啊，你能说出这番话，可见你胸怀坦荡，不枉你我相识一场。我刚刚不过是跟你开个玩笑，我也不瞒你，原本我就打算去投靠刘皇叔。"

鲁肃大喜，道："如果士元你能辅佐刘皇叔，那也不错。希望你去之后，能继续促成孙刘两家联合抗曹，不再相互攻击。这将是孙刘两家之福。"

"这也是我平生的志向。"庞统说。

鲁肃见他答应得痛快，更加高兴了，说："我为你写一封举荐信吧。我与刘皇叔有几分交情，相信他会给我个薄面。"说罢，他马上找个地方写下举荐信，递给庞统。

庞统见鲁肃诚意十足，一心为自己着想，也不好说出诸葛亮早就给他写过举荐信了，满脸郑重地接过举荐信，大步流星地离开。

庞统来到荆州时，恰好诸葛亮外出办事不在荆州。庞统经过孙权那一遭后，想试一试刘备，便不打算拿出鲁肃和诸葛亮的举荐信。

庞统直接到刘备住处毛遂自荐，门吏报给刘备后，刘备也是满心期待，热情地让人将庞统请进来。可谁知庞统见到刘备后只作揖，不跪拜，刘备又见他相貌丑陋，顿时心生不喜。

庞统早看出了端倪，满腔的期待落了空，只在心里道："我倒要看看，这个刘皇叔会如何待我。"

刘备淡淡地开口说："你远道而来，不容易啊！"

"听说皇叔招贤纳士，特来相投。"庞统说。

"这样啊，可你来得有些晚了，荆楚之地都安排好了，没有闲职，距离此地一百三十里外的耒阳县倒是还缺一名县令，不知先生可否愿意去啊？"

县令，一个芝麻大的小官儿，庞统嘴角勾起一丝浅笑，心里暗道："刘皇叔这样轻视我呀！哈哈，那我的真本事还真不能拿出来给你看了。待我先去耒阳县浪荡几天，等孔明回来再说。"

当下，庞统便欣然领命，去耒阳县走马上任。

可他上任后，每天只顾着饮酒作乐，既不理事，也不安民。很快，就有人把他的做派报告给刘备。

刘备十分生气，恰好这时张飞在刘备旁边，立刻豹眼圆睁，说："这穷酸书生竟敢坏哥哥的吏治，让我去教训教训他！"

刘备担心张飞鲁莽，不分青红皂白伤了人，便派孙乾与张飞同行。

张飞怒气冲冲来到耒阳县，全城的官吏都闻讯出城来迎接，只有庞统没有来。

众人七嘴八舌地说着庞统如何荒废政务，如何不成体统，听得张飞火冒三丈，嚷嚷着要去抓庞统问罪。

孙乾连忙劝说道："三将军，先别急。庞统是个与军师齐名的人物，不可能无故这么草率行事的。我们不如先找他问个清楚，若是真的渎职怠慢，再治罪也不迟啊。"

张飞强压下怒火，来到县衙找庞统问话。庞统依旧衣冠不整地半躺着饮酒，浑然不把张飞、孙乾等人放在眼里。

张飞火气又上来了，问："我哥哥让你做耒阳县令，你为什么只喝酒，不做事？难道是想当个蛀虫？"

庞统呵呵一笑，说："我听说张将军也是酒中豪杰啊，怎么？你喝得酒，我庞士元就喝不得？"

"你喝酒误事……"

"哈哈哈!一个方圆不过百里的小县城,能有多少事?"庞统大笑着站起身来,吩咐手下人道,"把公文都给我搬到堂上去!我现在就处理给三将军看看。"

一时间,书吏们抱出案卷、文书到堂上,很快就在案几旁堆成一座小山。

庞统大刺刺地坐在案几前,一手握笔写字,一手翻看文书,眼睛看着当事人,耳朵里听着诉辩双方的陈词,嘴里快速发落,行云流水,不差分毫。不到半天的时间,就把积压了一百多天的公务通通处理完毕,还将上传下达的各种公文也发落妥当了。

处理完最后一宗,庞统把笔一掷,笑着问张飞:"三将军倒是说说,哪件事被耽误了?对付曹操、孙权,在我看来都好比举手、看书一样简单,这样一座小县城的一点公务,又如何难得到我?"

张飞早就被庞统这番眼花缭乱的"表演"惊得目瞪口呆,闻言这才回过神来,郑重行礼道:"先生真是大才啊!我刚才失礼了!等我回去一定要向哥哥极力举荐您。"

见张飞态度恭敬有礼,庞统也愿意好好说话了,他笑着说:"我这里还有一封东吴鲁肃所写的举荐信,你一并带回去给你家主公吧。"

"您当初面见我兄长时,为何不将这封举荐信拿出来呢?"

"若当初就拿出来了,又如何试得出你家主公的真心呢?"

孙乾急忙深深一揖,说:"还望先生原谅一二!我等回去之后定会将今日之事如实转告,定不辜负先生之才。"

张飞也急道:"是啊,我家哥哥是最爱才的,他必定会重用您的!"

两人辞别庞统后马不停蹄地回荆州见刘备,将庞统的才能都详细说了,又呈上鲁肃的举荐信给刘备。刘备顿时懊恼不已:"是我的过错啊!屈待了大贤士!"

张飞还想再说什么,忽然听到小校来报,说诸葛亮回来了。

诸葛亮进来后,笑意盈盈地问:"我听说士元来投奔了,士元人呢?"

刘备就将自己派庞统到耒阳任县令及后续的事都说了。诸葛亮一愣，问："我曾给士元写过一封举荐信，主公没有看到吗？"

刘备也愣住了："你也写了？我今天才看到子敬的举荐信，没有看到你的呀。"

"这个庞士元！"诸葛亮直接笑了，转向张飞继续说，"既然如此，就劳烦三将军再亲自跑一趟，将凤雏先生请过来。"

半晌过后，门吏通传说，张飞将庞统请到了，刘备立刻带着众人亲自出门迎接。

一见庞统，刘备便快步走下台阶，热情地迎了上去，说："备有眼无珠，险些错过先生，真是失礼！还请先生不计前嫌，宽恕一二。"

庞统连忙整理好衣冠，郑重地向刘备行了礼，而后取出诸葛亮的举荐信呈给刘备。刘备展信一看，上面和鲁肃的举荐信上写着一样的话——庞士元非百里之才，宜重用。

刘备更加悔恨自己以貌取人，连忙再次向庞统道歉。

诸葛亮笑着说："主公，若爱惜士元之才，可一定不要亏待了他呀！"

"那是自然，我已见识了凤雏的能力，必不叫他的才能空置。哈哈哈哈，我如今得到了卧龙和凤雏，匡扶汉室有希望了。"刘备兴奋地说。

随后，刘备举行了盛大的仪式，拜庞统为副军师、中郎将，与诸葛亮共同主持大计。

在许都的曹操得知刘备集齐了卧龙、凤雏两位谋士，气得头痛欲裂，一整晚都没有睡好。

趣味链接：《三国演义》中七位短命英雄

东吴的大都督周瑜英年早逝，让他的对手诸葛亮都忍不住扼腕叹息。《三国演义》中，像周瑜这样身负绝世才华却早逝的英雄不在少数，接下来小编就为你盘点一下。

序号	姓名	人物名片	死亡年龄	死因
1	曹昂	曹操长子，曹魏集团的第一顺位继承人	二十多岁	宛城之战中为救父亲曹操而死
2	曹睿	魏明帝，曹魏第二位皇帝，在政治和文学上都颇有建树	三十六岁	病逝
3	郭嘉	曹操的重要谋士，善出奇计，死后谥号贞侯	三十八岁	北征乌桓的路上水土不服，病逝
4	孙坚	孙吴政权的奠基者之一	三十七岁	对战刘表时，被刘表的部下黄祖伏兵所杀
5	孙策	孙坚长子，也是孙吴政权的奠基者之一	二十六岁	狩猎时被许贡的门客所伤，后不治身亡
6	周瑜	东吴大都督	三十六岁	箭疮复发，病逝
7	庞统	刘备的谋士，号称"凤雏"	三十六岁	战斗中被流矢射杀